Lisa Gallauner
Teufelssturz
Kriminalroman

Lisa Gallauner wurde 1978 in St. Pölten geboren. Sie ist verheiratet und hat einen Sohn. Ende der 90er Jahre ließ sie sich an der PÄDAK Krems zur Diplompädagogin für Englisch, Musik und evangelische Religion ausbilden. Später sollte auch noch die Diplomausbildung für Informatik folgen. 2008 erschien ihr erstes Kinderbuch, seit damals schreibt sie, neben ihrer Arbeit als Hauptschullehrerin, unaufhörlich. Nach zehn erschienenen Kinderbüchern, zwei Anthologie-Beiträgen, sechs veröffentlichten Theaterstücken und Band 1 und 2 der Meierhofer-Reihe, Teufelsstimmen und Teufelsmahl, ist Teufelssturz nun ihr dritter Krimi für Erwachsene.

Von Lisa Gallauner bisher erschienen:
Kriminalromane: Teufelsstimmen * Teufelsmahl
Kinderbücher: Ballett ist doch ganz nett! * Hexe Hanna hebt ab * Leo Lupe löst den Fall * Fritz, schnell wie der Blitz * Das Geheimnis des dunklen Teiches * Schule ist auch was für Coole! * Das Mädchen mit dem 3. Auge * Jetzt kann das Christkind kommen! * Bagger Bobbis großer Fund * Halfpipe-Leon leg los! (alle G&G Kinder- und Jugendbuchverlag)

http://lisa.gallauner.at

Lisa Gallauner

Teufelssturz
Kriminalroman

federfrei
www.federfrei.at

Marchtrenk, 2012
www.federfrei.at

Umschlagabbildung: © Philipp Salomon Argus, Fotolia
Lektorat: S. Bähr
Satz und Layout: Verlag Federfrei
Druck und Bindung: Finidr s.r.o., Tschechische Republik

ISBN 978-3-902784-15-5

Für Mama und Papa –
in ewiger Dankbarkeit und Liebe.

Ich danke meinem Patenkind,
ohne dessen Erstkommunionsausflug
dieser Krimi wohl nie entstanden wäre.

Sämtliche Protagonisten dieses Romans, ihre Namen und ihre Handlungen sind frei erfunden, etwaige Ähnlichkeiten mit lebenden oder verstorbenen Personen nicht beabsichtigt.

Obwohl der Roman in der wunderschönen Wachau spielt, und viele der erwähnten Orte tatsächlich existieren, entspringen die Tatorte sowie die Außenstelle des Landeskriminalamtes Niederösterreich bewusst ebenfalls der Fantasie der Autorin.

1

Sie atmet tief ein. Der Ausblick ist einfach unglaublich. Sie fühlt sich frei und glücklich. Zum ersten Mal seit einiger Zeit. Alles wird nun wieder gut werden. Ganz sicher. Sie hat die richtigen Entscheidungen getroffen. Auch wenn ihr das nicht leichtgefallen ist.

Sie nähert sich dem Abgrund. Blickt nach unten. Einen Schritt noch. Weiter darf sie nicht gehen. Sonst ist es vorbei. Vor ein paar Wochen wäre das vielleicht noch eine Alternative gewesen. Aber jetzt? Nein, jetzt will sie leben. Kurz überlegt sie, die Arme auszubreiten. Wie Kate Winslet im Film »Titanic«. Aber das ist ihr dann doch zu kitschig.

Noch einmal richtet sie den Blick nach unten. Ein wenig schwindelig wird ihr dabei.

Dann spürt sie sie plötzlich. Die Hände, die mit voller Wucht ihren Rücken rammen. Sie will schreien, aber ihre Stimme versagt.

Ein einziger Gedanke rast noch durch ihren Kopf: Nichts wird gut. Gar nichts mehr.

*

»Also, manchmal frage ich mich echt, wohin sich unsere Welt entwickelt. Gestern haben drei Vierzehnjährige im Stadtpark einen Zwölfjährigen niedergeschlagen und dabei eifrig mit dem Handy draufgehalten. Eine Viertelstunde später war das Video im Internet. Krank, oder? … Sag mal, hörst du mir überhaupt zu, Hans?!«

Gruppeninspektor Stefano Staudinger, der attraktive Christiano-Ronaldo-Lookalike, wandte sich Chefinspektor Hans Meierhofer zu, der grummelnd an seinem Schreibtisch saß.

»Welche Laus ist dir denn über die Leber gelaufen?«, setzte er besorgt nach.

Der siebenundfünfzigjährige Chefinspektor verzog das Gesicht: »Eine Laus namens Irene.«

Staudinger horchte auf.

»Irene? Was hat sie denn Schlimmes angestellt, deine zauberhafte Ehefrau, dass du so drauf bist? Sie hat dich doch nicht betrogen, oder?«

Der ein wenig übergewichtige Chefinspektor mit den grauen Haaren und dem ebenfalls grauen Vollbart musste schmunzeln. Irene ihn betrügen? Diese Vorstellung war einfach nur absurd.

»Nein, natürlich nicht. Wo denkst du hin, Stefano? Irene und ich sind einander absolut treu, das solltest du doch eigentlich wissen.«

Kurz huschte Dr. Geraldine Grahningers Bild durch den Kopf des Chefinspektors, doch er wischte den Gedanken schnell wieder weg. Zugegeben, die schöne Gerichtsmedizinerin hatte ihn voriges Jahr ein wenig vom rechten Weg abgebracht, aber das war kein Thema mehr. Immerhin konnte ihm die Grahninger da, wo sie jetzt war, nicht mehr gefährlich werden.

Die Giftmorde im Frühling des Vorjahres – das war ihr letzter wirklich spannender Fall gewesen – seitdem kämpften sie sich durch mehr oder weniger Langweiliges. Wie diese Happy-Slapping-Sache eben.

Staudingers Neugierde war noch nicht befriedigt: »Gut, sie hat dich also nicht betrogen. Was hat sie dann verbrochen, deine Irene? So grantig habe ich dich ja schon lange nicht mehr erlebt.«

Meierhofer grunzte verächtlich.

»Sie hat mich auf Diät gesetzt. Kein Fett, kaum Kohlenhydrate und kein Koffein. Es ist die Hölle.«

Stefano Staudinger konnte nicht anders. Er brach in schallendes Gelächter aus.

»Hans Meierhofer ist auf Diät. Dass ich das noch erleben darf. Woher dieser plötzliche Sinneswandel?«

Der Chefinspektor führte seine geschmacklose Hans-Tasse zum Mund, trank einen Schluck des ebenfalls geschmacklosen koffeinfreien Kaffees, verzog das Gesicht und antwortete: »Ich Depp hab' mich von Irene dazu überreden lassen, so eine Vorsorgeuntersuchung zu machen. Du weißt schon – inklusive Blutabnahme und so.«

Staudinger gab immer noch glucksende Geräusche von sich, versuchte sich aber seinem Chef zuliebe zusammenzureißen, als er sagte: »Lass mich raten: jede Menge Cholesterin, zu viele Triglyceride, dafür aber tolle Leberwerte.«

Der strikte Antialkoholiker Meierhofer nickte schmunzelnd: »Stell dir vor, der Arzt hat sogar gemeint, dass mir ein Glas Rotwein am Abend ganz guttäte. Dafür muss ich alles, was ich mag, streichen – oder zumindest stark reduzieren. Jetzt gibt's bei uns so grausliches Zeug wie gedünstetes Pangasiusfilet mit Mangold. Irene findet die Idee, dass mein Bauch wegschmilzt, nämlich plötzlich ganz toll. Versteh' einer die Frauen.«

Staudinger zuckte mit den Schultern.

»Sie wird sich halt Sorgen um dich machen, deine Irene. Du weißt schon, wegen der Sache, die deinem Vater passiert ist.«

»Jetzt fang du auch noch so an! Eine Ehefrau reicht mir, danke … Ich krieg' keinen Herzinfarkt wie mein Vater damals, okay?!«

Meierhofer fand, dass es Zeit war, vom unangenehmen Diät-Thema abzulenken: »Und, hast du die Sache mit den Jugendlichen schon geklärt?«

Staudinger nickte. »Sicher, war nicht allzu schwierig.«

Mission accomplished.

»Irgendwie ist es zurzeit ziemlich fad im Büro, findest du nicht auch, Hans?«

Meierhofer zuckte mit den Schultern.

»Wir haben halt gerade *fade Wochen*. Mein Essen ist fad, und im Büro ist's fad. Aber zumindest gegen eines dieser beiden Probleme kann ich etwas tun.«

Der Chefinspektor sprang von seinem Sessel auf, was Staudinger sehr verwunderte. Woher kam der plötzliche Elan?

»Aha, und was wäre das?«, fragte er skeptisch nach, während er Meierhofer dabei beobachtete, wie dieser in seiner Hosentasche kramte.

»Ich geh' mir jetzt eine Leberkässemmel kaufen – und einen starken Kaffee. Aber verrat' mich nicht!«

Gruppeninspektor Staudinger gab ein seltsames Grunzen von sich, blickte kopfschüttelnd seinem Chef nach, wandte sich wieder dem Aktenberg auf seinem Schreibtisch zu und beschloss wenig später, ebenfalls eine Pause zu machen. Wenn sie schon *fade Wochen* hatten, dann konnte er auch ohne schlechtes Gewissen einen *Minus-Zehn-Prozent-Tag* einlegen.

2

»Also, dass wir heuer noch mal rund um Aggstein klettern würden, hätte ich auch nicht geglaubt. Ein Traumwetter, nicht wahr?«

Der etwas ältere, durchtrainierte Mann, der sich im herbstlichen Wald nahe der Burgruine Aggstein gerade einen Felsen raufhangelte, wartete auf die Antwort seines ebenso sportlichen Sohnes.

»Mhm, echt super. Genieß es, Paps, spätestens in ein paar Wochen gibt's für uns nur noch Indoor-Klettern.«

Es war tatsächlich ein traumhafter Tag, den die beiden Männer für ihre letzte Klettertour in diesem Jahr gewählt hatten. Die Sonne durchflutete den Wald, was dessen buntes Blätterdach zum Leuchten brachte. Das strahlende Blau des Himmels, der nahe Donaustrom und die nicht weit entfernte majestätische Burgruine Aggstein machten die beinahe kitschige Postkartenidylle perfekt. Die Wachau bewies, dass sie ein landschaftliches Juwel war.

»Schade, dass Richard nicht dabei ist. Dem hätte es heute auch getaugt. Seit seinem Erstkommunionsausflug auf die Ruine schwärmt er ja richtig von der Gegend hier«, meinte der Jüngere der beiden Kletterer, während er eine Stelle suchte, an der er seine rechte Hand sicher platzieren konnte.

Sein Vater schmunzelte. »Richards Erstkommunions-Ausflug. Unglaublich, dass der schon zwanzig Jahre her ist. Ihr Kinder seid einfach viel zu schnell erwachsen geworden. Warum waren wir nach deiner Erstkommunion eigentlich nicht auf der Ruine Aggstein?«

»Na, weil ich lieber in den Prater wol…« Weiter kam der junge Mann nicht. Seine linke Hand hatte gerade etwas ertastet. Etwas

Weiches, Unangenehmes. Außerdem stank es plötzlich entsetzlich. Was war das? Ein Tierkadaver?

Er zog sich ein Stück weiter hoch und warf einen Blick über die Felskante, auf das Plateau über ihm. Dann schrie er nur noch. So laut und schrill, dass man es bis zur Burgruine Aggstein hören konnte.

*

»Ich glaub', ich steh' im Wald«, schoss es Meierhofer durch den Kopf. Der Chefinspektor stand tatsächlich in selbigem, am Fuße eines Felsens, und blickte skeptisch nach oben.

»Das kannst du vergessen, Stefano! Da rauf klettere ich sicher nicht. Du musst die Leiche wohl oder übel alleine an Ort und Stelle sichten. Mach halt Fotos, okay? Gregor begleitet dich sicher gerne, nicht wahr, Gregor?«

Meierhofer grinste den jungen Gruppeninspektor und das Ganzkörperkondom-Model Gregor, den Spurensicherer, an. Dann machte er kehrt und ging zurück zum Auto. Mit seinen siebenundfünfzig Jahren musste er wirklich keine sportlichen Höchstleistungen mehr vollbringen, nur um den Fundort einer Leiche zu inspizieren. Abgesehen davon, dass er rein körperlich wohl nicht in der Lage dazu gewesen wäre, dorthin zu gelangen. Noch dazu, wo er gerade auf Diät war.

Für Stefano Staudinger, der nicht nur, was die Optik anging, sondern auch in punkto Sportlichkeit an Christiano Ronaldo herankam, würde es sicher kein Problem sein, zur Leiche raufzuklettern. Zu einer bereits stark verwesten Leiche weiblichen Geschlechtes – das war alles, was sie bis jetzt wussten.

Staudinger verzog das Gesicht und wandte sich dann Gregor zu. Der zuckte mit den Schultern, bevor er sich aus seinem Spurensicherungs-Outfit schälte.

»Mir soll's recht sein. Ich bin ohnehin leidenschaftlicher Kletterer«, murmelte er vor sich hin.

Als Gruppeninspektor Staudinger in die mitgebrachten Bergschuhe schlüpfte, wurde ihm eines bewusst: Die faden Wochen waren hiermit Geschichte. Und das war eigentlich ganz gut so.

3

»Und, was denkst du, Gregor? Wie lange liegt die schon hier?«, fragte Gruppeninspektor Staudinger den Spurensicherer, während er die Leiche zum etwa zehnten Mal umrundete.

Gregor legte die Stirn in Falten. »Keine Ahnung, Stefano. Vielleicht zwei Wochen? Ist auf alle Fälle schon von jeder Menge Viecherzeugs befallen, die Gute.«

Viecherzeugs – damit meinte der Spurensicherer die Maden und Käfer, die sich auf der Leiche tummelten. Festmahl und Brutstätte zugleich war der verweste weibliche Körper für sie.

»Dieses Viecherzeugs wird übrigens auch dabei helfen, nachzuweisen, wie lange die Leiche bereits hier liegt. Dr. Fläderer, der neue Gerichtsmediziner, hat sich auf so was spezialisiert – ich glaube, das heißt Forensische Ethmologie oder so«, murmelte der Spurensicherer, während er sich ein paar Gummihandschuhe überstreifte.

»Fass ja nichts an, solange du keine Handschuhe anhast!«, ergänzte er scharf, als Staudinger sich unbehandschuht dem Leichnam näherte.

Der fühlte sich auf den Schlips getreten: »Ich bin ja kein Anfänger, Gregor, und es heißt übrigens Forensische Entomologie. Außerdem finde ich, dass Fläderer ein ziemlich schräger Name für einen Gerichtsmediziner ist.«

Gregor, der nun wieder sein Ganzkörperkondom trug, gab ein glucksendes Lachen von sich.

»Was glaubst du, wie der wegen seinem Namen aufgezogen wird. Von wegen Leichen fleddern und so. Aber er nimmt das locker, der Ulrich. Ich werde ihm mal ein paar der Schätzchen hier fotografieren und dann in Alkohol einlegen. Die Viecher entwickeln sich sonst nämlich weiter. Das verfälscht dann die Ergebnisse der Untersuchungen zum Todeszeitpunkt. Sieht nach Fremdverschulden aus, oder?«

Gruppeninspektor Staudinger nickte. Wenn es sich hierbei nicht um Fremdverschulden handelte, dann hätte die Frau, die nahe der Ruine Aggstein gestorben war, Turmspringerin sein müssen. So schön aufkommen konnte einfach keiner, der gerade in den Tod stürzte. Sie lag da wie aufgebahrt – die beiden Arme, oder das, was davon übrig war, auf Hüfthöhe übereinandergefaltet. Außerdem hielt sie etwas in den Händen.

»Das ist eine dieser Holzäxte, die auf der Ruine verkauft werden. Ich habe meinem Neffen erst vor ein paar Monaten eine geschenkt. Wir waren nach seiner Erstkommunion hier. Er steht auf Ritter und Burgen. Ganz begeistert war er von Aggstein. Ist aber auch wirklich traumhaft auf der Ruine. Alleine der Ausblick ist ein Wahnsinn.«

Staudinger stellte wieder einmal fest, dass Gregor reden konnte wie der sprichwörtliche Wasserfall. Allerdings nur, wenn er besonders gut drauf war. An Tagen wie heute war es eine Kunst, seinen Redefluss zu stoppen.

Der Gruppeninspektor versuchte es trotzdem: »Schau, der Schädel weist schwere Verletzungen auf. Genau wie die Rippen, die Hüfte, das rechte Bein und der rechte Arm. Sie ist sicher von dort oben heruntergestürzt, oder eher gestoßen worden – sind wahrscheinlich zehn Meter oder so – bevor der Täter sie dann wie eine Skulptur drapiert hat.«

Der gesprächige Spurensicherer nickte stumm. Dann deutete er auf die Axt: »Dieses Zeichen hier auf der Schneide der Axt ist seltsam. Ich bin mir sicher, dass die Axt meines Neffen nicht so aussieht. Das wurde also unter Umständen vom Täter aufgemalt.«

»Sieht komisch aus. Wie ein missglücktes B«, meinte Stefano Staudinger, der das in knallrotem Lack geschriebene Symbol nun genauer betrachtete, »vielleicht handelt es sich ja um eine

Botschaft des Täters. Machst du bitte aus allen Perspektiven Fotos von der Leiche, Gregor? Und natürlich auch von der Umgebung. Nicht, dass wir etwas vergessen und Hans dann stinkig ist. Er ist zurzeit ohnehin leicht reizbar. Seine Frau hat ihn auf Diät gesetzt.«

»Hans Meierhofer ist auf Diät? Das muss ich mir heute Abend unbedingt in den Kalender eintragen«, meinte Gregor lachend, bevor er nachsetzte, »bekommst du dann momentan eine Gefahrenzulage für die Arbeit mit ihm?«

Der fesche halbitalienische Gruppeninspektor schmunzelte. Gefahrenzulage – gar keine schlechte Idee.

Eine Stunde später hatten Gregor, der Spurensicherer, und Stefano, der Gruppeninspektor, die Sichtung des Leichenfundortes beendet.

Eine Stunde, die Hans Meierhofer damit verbracht hatte, genüsslich ein Packerl Chips und eine Tafel Schokolade zu verdrücken, die er sich heimlich an einer Tankstelle besorgt hatte. Hinuntergespült hatte er beides mit drei Dosen cremig-süßen Eiskaffees.

So war nun also sowohl dem Gruppen- als auch dem Chefinspektor übel, als sie die Rückfahrt zur Außenstelle des Landeskriminalamtes Niederösterreich antraten. Dem einen von einer Überdosis an mit schlechtem Gewissen verputzten leeren Kalorien, dem anderen vom unerträglichen Verwesungsgeruch eines Leichnams. Eines Leichnams, der sie noch vor jede Menge Rätsel stellen würde.

4

Chefinspektor Meierhofer starrte abwechselnd auf den Bildschirm seines Computers und die halb volle Kaffeetasse in seinen Händen. Darin dümpelte ein letztes Schlückchen koffeinfreien Löskaffees vor sich hin. Schrecklich, aber zumindest im Büro musste er den Schein wahren. Nicht auszudenken, was passieren würde, wenn Irene ihm und seinen Diät-Schummeleien auf die Schliche kam. Dann würde er womöglich enden wie die Frau, deren Leichnam sie heute gefunden hatten.

»Wir haben jetzt alles durch. Wie es aussieht, passt unsere Leiche mit keiner in letzter Zeit als vermisst gemeldeten Person zusammen«, murmelte er ein wenig frustriert.

Staudinger überlegte laut: »Das heißt, dass sie in den letzten zwei Wochen keinem abgegangen ist. Oder sie hat ihr Verschwinden bewusst geplant und deshalb eine plausible Situation geschaffen, in der dieses ihrer Umwelt nicht seltsam erschienen ist. Einen Urlaub zum Beispiel.«

»Dagegen spricht aber unsere Vermutung, dass es sich um Fremdverschulden handelt. Keiner taucht bewusst unter, um sich dann umbringen zu lassen«, entgegnete Meierhofer ein wenig grantig, während er den letzten Schluck des Pseudokaffees austrank. Was würde er jetzt für einen Latte macchiato geben!

Gruppeninspektor Staudinger nickte langsam. »Stimmt, das passt nicht. Vielleicht ist sie wirklich niemandem abgegangen. Sie ist vermutlich Single. Wenn sie zum Beispiel alleine in einer Kremser Stadtwohnung gelebt hat, kann es gut sein, dass niemand ihr Verschwinden bemerkt hat.«

Meierhofer fuhr sich über seinen Vollbart und erwiderte: »Und was ist mit ihrer Arbeit? Es hätte doch irgendjemandem auffallen müssen, dass sie zwei Wochen nicht zur Arbeit erschienen ist.«

»Vielleicht war sie arbeitslos«, lautete Staudingers spontane Antwort.

»Das denke ich nicht. Immerhin hatte die Leiche einen ziemlich teuer aussehenden Designerfummel an. Ein weißes langes Kleid, stimmt's?«

Und wieder ein Punkt für den Chefinspektor.

»Weißt du was, Hans? Wir warten einfach die Ergebnisse der Obduktion ab. Dr. Fläderer wird anhand ihres Gebisses schon herausfinden, um wen es sich handelt. Der kriegt das schon hin«, meinte Staudinger resignierend. Er war hungrig und müde. Eigentlich wollte er nur noch nachhause. So dringend war dieser Fall nun auch nicht, aber wie es schien, zog es den Chefinspektor nicht in die trauten vier Wände. Das lag wohl auch an der Diät, die ihm seine Gattin aufoktroyiert hatte.

Einer Diät, die merklich auf Meierhofers Laune schlug. »Dr. Fläderer. Hör mir mit dem auf! Ich kann den Kerl nicht ausstehen.«

»Das liegt aber nicht daran, dass du seine Vorgängerin so attraktiv gefunden hast?«, dachte Staudinger insgeheim.

Ein Gedanke, den er natürlich nicht aussprach. Dr. Geraldine Grahninger war ein Thema, über das nicht mehr gesprochen wurde. Es war ein ungeschriebenes Gesetz zwischen ihnen beiden, dass diese Frau nicht erwähnt werden durfte.

»Aber warum denn nicht? Er ist kompetent, klug, fähig, ein Meister seines Faches. Außerdem ist er einer der besten Forensischen Entomologen des Landes. Das wird uns in diesem Fall sicher noch von großer Hilfe sein«, entgegnete der Gruppeninspektor, der den fünfunddreißigjährigen Dr. Ulrich Fläderer sympathisch fand.

Meierhofer konnte es nicht lassen. Augenzwinkernd meinte er: »Du stehst auf den Fläderer, stimmt's Stefano? Wahrscheinlich bin ich nur eifersüchtig, weil er attraktiver ist als ich. Damit sinken meine Chancen bei dir deutlich.«

Staudinger lachte laut auf. Meierhofer hatte seinen momentanen

Grant anscheinend schon wieder überwunden. Immerhin machte er Scherze über Staudingers Homosexualität. Etwas, das zwischen ihnen beiden beinahe schon zum guten Ton gehörte. Stefano zog Meierhofer mit dessen nahendem Sechziger auf – der Chefinspektor konterte mit Bemerkungen zu Staudingers Herkunft und sexueller Neigung. Sie hatten eben ein ganz besonderes Verhältnis zueinander. Sie waren nicht nur Arbeitskollegen, sondern auch Freunde geworden. Freunde, die immer wieder dem gemeinsamen Sinn für schwarzen Humor und Zynismus frönten. Deshalb entgegnete Staudinger nun auch: »Klar steh' ich auf den Fläderer, Hans. Der ist jung und frisch. Du glaubst doch nicht, dass ich mich mit einem alten Knacker wie dir einlasse.«

»Apropos Knacker. Auf abgebratene Knacker mit Dillsoße und Erdäpfelschmarren hätte ich jetzt Lust«, meinte Meierhofer wehmütig.

Staudinger grinste von einem Ohr zum anderen, als er antwortete: »Vergiss es, Hans. Auf dich wartet heute sicher gedämpftes Gemüse mit einem Hauch von fettfreier Soße.«

»Eben. Ein Grund mehr, möglichst spät nachhause zu gehen«, murmelte der Chefinspektor nun wieder ein wenig säuerlich.

Staudinger warf einen Blick auf seine rote Armbanduhr, die wie immer farblich perfekt zu seinem Outfit passte, und meinte dann: »Dein Arbeitseifer in Ehren, Hans, aber ich fahr' jetzt. Dominik und ich wollen heute noch essen gehen. Italienisch natürlich. Du weißt schon – Pizza, Pasta, Tiramisu ...«

Ein weiteres schelmisches Grinsen des Gruppeninspektors erhellte den Raum – Meierhofers Laune allerdings nicht.

»Geh nur essen, du untreue Seele. Ich halte einstweilen hier die Stellung. Vielleicht finde ich ja doch noch heraus, um wen es sich bei unserer Leiche im weißen Wallekleid handelt.«

Staudinger schauderte ein wenig, als das Bild des verwesten Leichnams vor seinem inneren Auge erschien. »Danke, jetzt hast du mir den Appetit verdorben«, grunzte er verächtlich, während er seine dünne Herbstjacke schnappte und in Richtung Tür ging.

Meierhofer blickte seinem Kollegen kurz nach und wandte sich dann wieder dem Bildschirm seines Computers zu.

Wenn er schon nicht draufkam, wer ihre mysteriöse Leiche war, dann konnte er sich zumindest mit dem seltsamen Symbol beschäftigen, das irgendjemand, vermutlich der Mörder, auf die Holzaxt in deren Händen gemalt hatte. Das war auf alle Fälle besser als gedämpftes Gemüse mit einem Hauch von fettfreier Soße.

5

Als Meierhofer nach erfolglosen Versuchen, die Bedeutung des seltsamen Symbols herauszufinden, an diesem Abend frustriert nachhause kam, glaubte er, einer olfaktorischen Täuschung zu erliegen.

Es roch nach abgebratenen Knackern mit Dillsoße und Erdäpfelschmarren! Aber das war doch unmöglich?!

Von einem plötzlichen massiven Hungergefühl getrieben, eilte der Chefinspektor auf Socken in die Küche. Dort hob er neugierig die Deckel von den auf dem Herd wartenden Pfannen und Töpfen. Tatsächlich! Sein Geruchssinn hatte ihn nicht getäuscht. Es gab tatsächlich eines seiner Lieblingsessen, abgebratene Knacker mit Dillsoße und Erdäpfelschmarren. Ein Festmahl für jeden auf Zwangsdiät Gesetzten.

»Finger weg von den Töpfen! Das ist Lukas' Essen! Für dich steht was im Rohr, mein Schatz!«, holte ihn die resolute Stimme seiner besseren Hälfte aus seinem Essens-Traum.

»Lukas? Wieso ist Lukas heute hier?«, fragte der Chefinspektor irritiert nach. Heute war Montag, also kein typischer Lukas-Tag. Ihr Enkerl kam sie eigentlich immer am Donnerstag besuchen. Wenn er Nachmittagsunterricht hatte.

Irene senkte die Stimme und flüsterte: »Marianne und Karl haben eine Krise. Sie streiten anscheinend ständig, deshalb ist Lukas zu uns geflüchtet.«

Meierhofer seufzte. Bereits seit einigen Wochen spürte er, dass die Stimmung zwischen seiner Tochter und seinem Schwiegersohn nicht die beste war. Anscheinend steckten sie in einer gemeinsamen Midlife-Crisis. Etwas, das heutzutage um die vierzig nichts Besonderes war. Trotzdem konnte der Chefinspektor nicht verstehen, warum sie das einander und vor allem auch Lukas antaten. Der Zwölfjährige hatte es derzeit ohnehin nicht leicht. Er machte gerade die Höhen und Tiefen der Pubertät durch.

»Ich habe ihm sein Lieblingsessen gekocht, damit er auf andere Gedanken kommt, der Kleine«, meinte Irene, während sie eine Riesenportion Erdäpfelschmarren auf einen Teller schaufelte.

Lukas, der Kleine, der seine Oma mittlerweile um einen ganzen Kopf überragte – was bei Irenes Größe nicht unbedingt schwierig war – war ihrer beider Augenstern. Das würde er auch immer bleiben. Ihm gönnte Meierhofer sogar Knacker, Erdäpfelschmarren und Dillsoße in rauen Mengen, wenn auch nicht ganz neidlos.

»Und, was gibt's für mich?«, fragte er skeptisch nach, während er sich an den bereits gedeckten Tisch setzte.

Irene stellte den übervollen, lecker duftenden Teller an Lukas' Stammplatz, dann öffnete sie lächelnd das Backrohr, um nach einer Auflaufform zu greifen.

»Du bekommst gedämpftes Gemüse mit Zitronensoße – die ist praktisch fettfrei. Ich hab's nur im Rohr warm gehalten. Gekocht habe ich das Gemüse im Dampfgarer – da bleiben all die wertvollen Vitamine erhalten. … Bitte schön. Guten Appetit, Hans.«

Meierhofer warf dem Gemüse vor seiner Nase einen verächtlichen Blick zu, dann schaute er neidvoll auf Lukas' Teller. Dabei dachte er an Stefanos grinsendes Gesicht zurück. Gedämpftes Gemüse mit einem Hauch von fettfreier Soße – na, Mahlzeit!

Lukas' sich unweigerlich dem Stimmbruch nähernde Stimme riss den Chefinspektor aus seinen Gedanken: »Würg, was kriegst denn du da, Opa? Hast du was ausgefressen?«

Diese Frage brachte dem Zwölfjährigen einen strafenden Blick seiner Großmutter ein. »Dein Opa ist auf Diät, mein Schatz. Und sein Gemüse ist keineswegs würg sondern sehr gesund und nahrhaft. Du kannst ruhig davon kosten, ich habe noch mehr im Ofen.«

Lukas verdrehte die Augen. »Danke, Oma, aber ich bleibe lieber bei Knackern mit Dillsoße und Erdäpfelschmarren. Das riecht superlecker – Oma, du bist die Beste.«

»Schleimer«, schoss es Meierhofer durch den Kopf. Aber kein Wunder, für Irenes deftige Hausmannskost zahlte es sich schon aus, ein wenig zu schleimen.

»Gibt's was Neues bei dir im Büro, Opa? Jetzt ist bei uns in der Wachau schon lange niemand mehr ermordet worden«, schmatzte Lukas mit vollem Mund, was Irene mit einem weiteren bösen Blick quittierte. Doch das war dem Pubertierenden egal. Er strich sich eine seiner langen Haarsträhnen aus dem Gesicht und fuhr fort: »Ich glaube, ich werde auch einmal Kriminalbeamter. So ein cooler wie Stefano.«

Meierhofer schmunzelte. »Heißt das etwa, mich findest du nicht cool?«

Lukas stopfte eine Gabel voll Erdäpfelschmarren in seinen Mund und antwortete keck: »Nichts für ungut, Opa, aber cool bist du nicht gerade. Zumindest nicht so saucool wie Stefano.«

Ein weiterer entsetzter Oma-Blick war die Folge der jugendlichen Wortwahl.

Der Chefinspektor nahm das nicht so tragisch.

Seit Stefano Lukas vor zwei Jahren das Leben gerettet hatte, war er eben der persönliche Hero des Burschen. Was auch mehr als verständlich war. Stefano war ja wirklich saucool.

Jetzt ist bei uns in der Wachau schon lange niemand ermordet worden.

Meierhofer wusste zwar, dass er eigentlich zuhause nicht zu viel ausplaudern durfte, aber wenn er Lukas so von den Streitigkeiten seiner Eltern ablenken konnte, war es ihm das wert: »Ich vertraue dir jetzt etwas streng Geheimes an, Lukas. Versprich mir, dass du es nicht weitererzählst!«

Der Zwölfjährige nickte gespannt.

»Es ist doch vor Kurzem jemand ermordet worden, bei uns in der Wachau. In der Nähe der Burgruine Aggstein hat man heute eine stark verweste weibliche Leiche gefunden. Wir wissen noch nicht, wer sie war. Aber sie ist sicher in die Tiefe gestoßen worden. Wahrscheinlich schon vor ein paar Wochen.«

»Krass«, meinte Lukas, während er ein unglaublich großes Stück Knacker in seinen Mund steckte.

»Aggstein? Da waren wir doch nach Mariannes Erstkommunion, kannst du dich erinnern, Hans?«, warf Irene ein, die ihrem Mann zuliebe ebenfalls auf dem gedämpften Gemüse herumkaute, das, wie Meierhofer zugeben musste, gar nicht so schlecht schmeckte. Als Beilage zu ein paar g'schmackigen Koteletts oder Wild wäre es gar nicht so übel gewesen.

Der Chefinspektor nickte. »Stimmt, das waren noch Zeiten. Hat schon etwas Mystisches, die Gegend dort. Eigentlich der ideale Ort für einen ebenso mystischen Mord. Die Leiche hatte nämlich eine Holzaxt in den Händen, auf der dieses Zeichen abgebildet war.«

Meierhofer schnappte sich ein Post-it und einen Bleistift und malte dann das verunglückte B darauf, von dem er immer noch nicht wusste, was es darstellen sollte:

Lukas blickte von seinem Teller auf, betrachtete das Symbol für einen kurzen Moment und meinte dann lapidar: »Das ist eine Rune. Kenne ich aus verschiedenen Computerspielen. Ich glaube, sie heißt Berkana und hat irgendetwas mit Fruchtbarkeit zu tun.«

Meierhofer war baff. Auf eine Rune wäre er nie gekommen. Da sollte noch einmal jemand sagen, dass Computerspiele verblödeten.

Das blutrote Symbol auf der Schneide der Axt war also eine Rune. Das machte die Sache doch gleich noch etwas spannender.

6

Am nächsten Morgen war Meierhofer als Erster im Büro. Er war gut aufgelegt, voller Tatendrang, nachdem er sich gerade an der Tankstelle seines Vertrauens zwei Extrawurstsemmeln mit Essiggurkerln und einen Latte macchiato zum Mitnehmen gekauft hatte. Das Müsli, das Irene ihm neuerdings morgens vorsetzte, war ja gerade mal was für den hohlen Zahn.

Pfeifend fuhr der Chefinspektor den Computer hoch. Er konnte es gar nicht erwarten, das Internet nach der Rune zu durchforsten, die sie bei der Leiche gefunden hatten. Außerdem hoffte er, dass Dr. Fläderer bereits der Identität der Verstorbenen auf der Spur war.

»Es ist nebelig draußen! Anfang Oktober, und es ist nebelig! Nicht zu glauben! Das sind die Momente, an denen ich mich nach Süditalien sehne. Am Gargano, bei meiner Nonna, war es im Oktober nie nebelig!«, durchbrach Stefanos pikierte Stimme ein wenig später die Stille.

Meierhofer, der sich selbst gerne als Wintermensch bezeichnete, konnte Stefanos Aufregung nicht verstehen. Es gab doch nichts Mystischeres als Nebelschwaden, die die Landschaft einhüllten. Mystisch war überhaupt ein Wort, das dem Chefinspektor in den letzten Tagen häufig durch den Kopf ging. Im Moment war alles irgendwie mystisch. Das Wetter, ihre Tote, der Fundort der Leiche und nicht zuletzt diese Rune, über die er mittlerweile schon mehr wusste. Und dieses Wissen wollte er nun an Stefano weitergeben.

»Beruhig' dich, Stefano, und mach dir einen warmen Tee – es gibt übrigens Neuigkeiten.«

»Tee – gute Idee – welche Neuigkeiten denn?«, fragte der Gruppeninspektor beiläufig nach, während er in Richtung Wasserkocher marschierte.

Meierhofer wartete, bis Stefano einen Pfefferminzteebeutel in einem knallroten Halbliterhäferl ertränkt hatte, und erklärte dann: »Ich weiß jetzt, worum es sich bei dem Symbol handelt. Du weißt schon, das Symbol, das auf dieser Holzaxt drauf ist. Es ist eine Rune.«

»Eine Rune?« Staudinger schien erstaunt.

»Ja, eine Rune. Lukas hat mich darauf gebracht. Anscheinend kommen diese Runen immer wieder in Computerspielen vor«, erklärte der Chefinspektor, der sich nicht mit fremden Federn schmücken wollte.

Staudinger lächelte.

»Dein Lukas sollte Kriminalbeamter werden.«

»Bloß nicht! Der Bub soll später mal was G'scheites lernen«, entgegnete Meierhofer schmunzelnd, bevor er genauer ausführte: »Also, diese Rune, die wir auf der Axt entdeckt haben, ist, wenn das Internet nicht irrt, die sogenannte Berkana-Rune. Sie steht für die Mutter Erde – deshalb schaut sie, glaube ich, auch ein bisschen aus wie ein Busen, wenn auch ein ziemlich spitzer. Begriffe, die mit dieser Rune in Verbindung gebracht werden sind Fruchtbarkeit, Geburt, das Leben, aber auch der Tod.«

»Okay, interessant, aber so wirklich weiter bringt uns das jetzt nicht«, meinte Stefano, der verzweifelt versuchte, seinen Tee auf eine annehmbare Trinktemperatur herunterzukühlen.

Meierhofer zuckte mit den Schultern.

»Wenn ich ehrlich bin, habe ich mir noch keine Gedanken darüber gemacht, was uns der Täter mit dieser Rune sagen wollte. Wenn es überhaupt der Täter war, der sie auf die Axt gemalt hat. Immer vorausgesetzt, es gibt einen Täter – offiziell wissen wir ja noch gar nicht, ob es sich um Fremdverschulden handelt oder nicht.«

»Das war mit hundertprozentiger Sicherheit Fremdverschulden, Hans. Aua! Zunge verbrannt.«

Der Chefinspektor fuhr sich über seinen Vollbart und begann, laut zu überlegen: »Vielleicht wollte uns der Täter einfach nur seine Macht beweisen. So eine Axt schaut doch ein bisschen aus wie die Sense des Todes. Er wollte uns also sagen: Schaut, ich habe sie getötet – ich habe die Macht.«

Staudinger, der sich immer noch furchtbar leidtat, weil seine Zunge so brannte, schüttelte den Kopf.

»Ich weiß nicht, Hans. Das ist mir zu simpel. Wenn der Mörder – ich gehe jetzt einfach mal davon aus, dass es sich um Mord handelt und nicht um Totschlag – also, wenn der Mörder die Rune als Signal, als Botschaft einsetzen wollte, dann bedeutet sie sicher etwas anderes. Irgendetwas Kniffeliges – was uns zum Nachdenken anregt. Er will mit uns spielen.«

Meierhofer lachte laut auf.

»Ich glaube, du schaust zu viele amerikanische Psychothriller, Stefano. Er will mit uns spielen, tss. Vielleicht stimmt ja meine Theorie doch, und wir haben es mit einem Serienmörder zu tun, der bei jeder Leiche diese Axt ablegt. Wäre doch auch möglich.«

»Gott bewahre! Nicht schon wieder mehrere Tote, das hatten wir zweimal in den letzten Jahren. Muss echt nicht schon wieder sein! Wofür steht diese Rune, hast du gesagt? Für das Leben, aber auch den Tod? Vielleicht hast du ja doch recht, und er will uns damit klarmachen, dass er diesem Leben ein Ende gesetzt hat. Die Axt tötet ja auch, wenn man sie als Waffe einsetzt. Das Leben – wenn die Rune dafür steht – wurde gewaltsam ausgelöscht – deshalb die Axt. Als Folge bleibt die zweite Bedeutung der Rune, der Tod. Und Rot hat er für die Rune gewählt, weil es wie Blut aussieht.« Staudinger marschierte nun aufgeregt durch das Büro.

Meierhofer legte seine Stirn in Falten.

»Und was ist, wenn der Täter eigentlich Geburt und Fruchtbarkeit gemeint hat, als er die Rune auf die Schneide der Axt gemalt hat?«

Staudinger blieb abrupt stehen und zuckte mit den Schultern.

»Wenn du mich fragst, ist das unwahrscheinlich. Beides passt nicht so recht zu einem Mord, oder? Außer vielleicht, dass der Tod quasi das Gegenteil der Geburt ist. Ja, vielleicht hat er das gemeint. So nach dem Motto – für die Geburt war ein anderer zuständig, der Tod geht auf mich.«

»Wäre auch möglich«, murmelte der Chefinspektor ein wenig skeptisch, während er auf das Foto der Holzaxt starrte, das sie an ihrer großen Indizien-Pinnwand angebracht hatten. Die knallrote Rune Berkana – welche Botschaft steckte wohl tatsächlich dahinter?

7

Nach einigen ergebnislosen Recherchestunden beschlossen Meierhofer und Staudinger, Dr. Ulrich Fläderer einen Besuch abzustatten. Was hatte der Gerichtsmediziner wohl bereits herausgefunden?

»Ah, die Herren Inspektoren. Gerade wollte ich Sie anrufen«, begrüßte der junge Arzt die beiden Kriminalisten freundlich.

Bei Fläderers erstem Satz durchzuckte es Meierhofer kurz. Genauso hatte Dr. Geraldine Grahninger sie immer angesprochen. Die Grahninger, an die wollte er aber so was von überhaupt nicht mehr erinnert werden. Rasch schob der Chefinspektor diese unangenehmen Erinnerungen beiseite.

»Sie wollten uns anrufen? Das heißt, Sie wissen bereits etwas, das uns interessieren könnte«, entgegnete Meierhofer also nicht ganz so freundlich. Er wusste nicht warum, aber Dr. Fläderer war ihm tatsächlich nicht allzu sympathisch. Möglicherweise hatte er nach seinen Erlebnissen mit Dr. Geraldine Grahninger im Vorjahr einfach eine gesunde Skepsis gegenüber Gerichtsmedizinern entwickelt.

»Wissen Sie denn schon, wer unsere Tote ist?«, fragte Staudinger neugierig nach.

Fläderer schüttelte den Kopf.

»Nein, leider. Ich warte noch auf die Rückmeldungen der Zahnärzte der Umgebung. Wird aber sicher nicht mehr allzu lange dauern. Immerhin hatte unser Opfer eines dieser Glitzersteinchen auf einem der oberen Schneidezähne. Das ist ja bei uns eher eine Seltenheit.«

Meierhofer zog überrascht die Augenbrauen hoch.

»Ein Glitzersteinchen auf einem der oberen Schneidezähne? Klingt, als ob sie noch ziemlich jung gewesen wäre.«

Dr. Ulrich Fläderer nickte, während er antwortete: »War sie auch. Ich würde sie auf Ende zwanzig schätzen. Wir haben es übrigens eigentlich gleich mit zwei Leichen zu tun.«

Die beiden Kriminalinspektoren blickten einander erstaunt an. Zwei Leichen? Worauf wollte Dr. Fläderer mit dieser Bemerkung hinaus?

»Zwei Leichen? Wie meinen Sie denn das, Herr Doktor?«, fragte Staudinger.

Ein wissendes Lächeln machte sich auf dem Gesicht des Gerichtsmediziners breit. Etwas, das Meierhofer ebenfalls an dessen Vorgängerin erinnerte.

»Nun ja, ob es wirklich zwei Leichen sind, ist eine philosophische Frage. Ich würde diese aus medizinischer Sicht wohl nicht unbedingt mit ja beantworten, aber das ist natürlich meine persönliche Meinung.«

Sowohl Staudinger als auch Meierhofer verstanden nur Bahnhof. Unwissend und irritiert blickten sie den Mediziner an.

»Also, um Licht ins Dunkel zu bringen, meine Herren, unsere Tote war schwanger. In der zwölften Woche, um genau zu sein.«

»Sie war schwanger?!«, entfuhr es Meierhofer und Staudinger zeitgleich. Beide dachten sofort an eines: Vielleicht hatten sie die symbolische Bedeutung der Berkana-Rune doch falsch interpretiert. Möglicherweise sollte sie auf die Schwangerschaft hindeuten? Immerhin passte die perfekt zu den Themen Fruchtbarkeit und Geburt.

»Wer bringt denn eine Schwangere um? Das ist ja widerlich«, meinte Meierhofer kopfschüttelnd.

Dr. Fläderer zuckte mit den Schultern.

»Keine Ahnung – die Person, die dahintersteckt, muss ja nicht unbedingt von der Schwangerschaft gewusst haben. Das Opfer hatte maximal ein minimales Schwangerschaftsbäuchlein, mehr nicht.«

Maximal ein minimales Schwangerschaftsbäuchlein – Dr. Fläderer war ja ein echter Poet.

»Es war übrigens mit ziemlicher Sicherheit Fremdverschulden. Sie ist nicht gesprungen, sondern wurde gestoßen. Ich gehe davon aus, dass man ihr einen heftigen Schlag in den Rücken verpasst hat. Die tödlichen Verletzungen lassen darauf schließen, dass das Opfer eine Art Bauchfleck hingelegt hat, wobei es mit der rechten Körperhälfte wohl auf einem großen Stein gelandet ist, während die linke Seite weicher aufkam. Wäre es ein Unfall gewesen oder hätte sie sich umbringen wollen, wäre sie wohl mit den Füßen zuerst gefallen beziehungsweise gesprungen, hätte also eher eine Kerze als einen Bauchfleck ausgeführt, um im Turmspringer-Jargon zu bleiben.«

Meierhofer wusste nun, was er an Fläderer nicht mochte: seine seltsame Art, sich auszudrücken. Konnte er nicht einfach in ein paar knappen, weniger verschachtelten Sätzen sagen, was ihm an der Leiche aufgefallen war?

Dr. Fläderer räusperte sich und setzte zu weiteren Erklärungen an: »Das ist aber noch nicht alles, was ich entdeckt habe, meine Herren. Also, die Leiche der schwangeren jungen Frau, die in den Tod gestoßen wurde, wenn man das so formulieren möchte, weist eine seltsame Tätowierung auf. Eine Tätowierung, die ihr wohl postmortal verpasst wurde. Eigentlich ist es ja keine richtige Tätowierung, eher eine Schrift.«

Erneut war den beiden Kriminalbeamten deutlich anzusehen, dass sie überrascht waren. Eine Tätowierung? Das klang spannend.

Nachdem Fläderer keine Anstalten machte, zum Punkt zu kommen, hakte Staudinger nach: »Tätowierung? Schrift? Nun sagen Sie endlich, worum es sich genau handelt!«

Ein Grinsen huschte über das Gesicht des Gerichtsmediziners.

Und da war er wieder, der Grahninger-Effekt.

»Ich würde Ihnen die Schrift ja gerne an Ort und Stelle zeigen, aber unser Opfer ist leider kein besonders schöner Anblick mehr.

Möglicherweise würden Sie sich übergeben, meine Herren, und das möchte ich doch nicht so gerne. Das Aufwaschen ist immer so mühsam. Aber zum Glück habe ich ein tolles Foto des Schriftzugs gemacht. … Bitte schön.«

Chefinspektor Meierhofer und Gruppeninspektor Staudinger starrten ungläubig auf das Foto, das Dr. Ulrich Fläderer ihnen unter die Nasen hielt. Auf dem Rücken der Toten hatte man ein laminiertes Blatt Papier festgeklebt. Wahrscheinlich, um sicherzugehen, dass es den Witterungen im Wald standhalten würde.

In mittelgroßen, verschnörkelten blutroten Buchstaben – es war anscheinend das gleiche Rot wie das Rot der Berkana-Rune, wahrscheinlich mit einem handelsüblichen Edding geschrieben – stand da ein einziges, wenn auch ziemlich langes Wort:

Teufelssturz

8

Als Meierhofer wenig später mit Staudinger in einem Kremser Kaffeehaus saß, tat er erst gar nicht so, als wollte er sich an seine Diät halten. Er genehmigte sich einen köstlichen Latte macchiato und eine nicht gerade leichte Topfengolatsche – natürlich eine mit Zucker glasierte –, während Stefano sich mit einem Glas Wasser und einem kleinen belegten Brötchen begnügte.

»Irene würde schimpfen, wenn sie wüsste, was du hier gerade machst, Hans«, meinte Staudinger belehrend.

»Sie sieht es ja nicht«, lautete dessen knappe Antwort, »und du wirst mich hoffentlich nicht verpetzen.«

»Aber vielleicht verpetze ich dich, Opa. Ich dachte, du bist auf Diät?«

Meierhofer zuckte zusammen, als er Lukas erblickte. Er fühlte sich plötzlich gar nicht mehr wie ein tougher Kriminalbeamter, eher wie ein kleines Kind, das der Nachbar beim Kirschenstehlen erwischt hatte.

»Lukas, was machst du denn hier?«

Meierhofer schob die Topfengolatsche von sich.

»Danke, dass du mich hast kosten lassen, Stefano, aber mehr darf ich leider nicht. Du weißt schon, wegen meiner Diät.«

Der Chefinspektor griff sich theatralisch an seinen stattlichen Bauch.

Staudinger konnte sich nur mit Mühe das Lachen verkneifen. So ernst wie möglich entgegnete er: »Kann ich dich also nicht verführen, Hans – schade, na ja, dann bleibt wenigstens mir mehr.« Mit diesen Worten schob er sich ein riesiges Stück der Golatsche in den Mund, was Meierhofer mit einem giftigen Blick quittierte.

Im selben Moment umfassten zwei jugendliche Arme den Chefinspektor von hinten. Lukas' Mund näherte sich dem linken Ohr seines Großvaters: »Du bist ein hundsmiserabler Schauspieler, Opa, und ein noch schlechterer Lügner. Wenn du allerdings meine beiden Freunde und mich auf einen großen Eisbecher einlädst, verspreche ich, dichtzuhalten.«

Schmunzelnd kramte Meierhofer in seiner Hosentasche nach einem Zwanzig-Euro-Schein.

»Unglaublich, wie korrupt und skrupellos die Jugend von heute ist«, murrte er, als er ihn Lukas entgegenstreckte.

Staudinger, der das Schauspiel äußerst amüsiert beobachtet hatte, überreichte seinem Chef grinsend den Rest der Topfengolatsche.

»Da, lass sie dir schmecken. Das ist die teuerste Topfengolatsche deines Lebens.«

»Ha, ha! Mach dich nur lustig über einen armen alten Mann wie mich. Aber jetzt zurück zum Fall. Was hältst du denn von dem, was uns Dr. Fläderer über die Leiche erzählt hat?«

Ein Stück Topfengolatsche wanderte in Meierhofers Mund. Leider schmeckte sie nun nicht mehr so gut wie vor Lukas' Auftritt. Ob das die Prise an Schuldgefühl und schlechtem Gewissen war, die er nun mitaß?

Staudinger, der sein belegtes Brötchen mittlerweile verdrückt hatte und nun das Glas Wasser mit einem einzigen Zug leerte, erwiderte: »Ich weiß überhaupt nicht, was ich von alldem halten soll, Hans. Für mich sieht es am ehesten nach einem Mord im Affekt aus. Vielleicht aus Eifersucht. Du weißt schon. Sie ist schwanger von einem anderen, beichtet es ihrem Freund oder Ehemann – Ehering hat sie allerdings keinen getragen –, er rastet aus und stößt sie dann die Felsen hinab.«

Meierhofer nickte langsam.

»Abgesehen davon, dass wir noch nicht wissen, ob es einen Er in ihrem Leben gegeben hat, würde ich sagen, das klingt ziemlich plausibel. Nur diese Aufbahrung verstehe ich dann nicht so ganz.

Wenn man jemanden im Affekt ermordet, macht man sich dann die Mühe, die Leiche zu suchen und sie wie eine Skulptur zu drapieren?«

»Noch eins, bitte«, Staudinger deutete auf sein leeres Wasserglas, die Kellnerin verstand sofort, sie nickte, während der Gruppeninspektor fortfuhr: »Nun ja, angenommen unser Er, von dem wir gar nicht wissen, ob es ihn gibt, hat diese Frau über alles geliebt und sie im Affekt, völlig ungeplant, nach unten geschubst. Er realisiert, was er getan hat, bekommt einen Moralischen, will es wiedergutmachen oder nachsehen, ob sie vielleicht noch lebt. Er findet die Leiche, die übel aussieht, also denkt er, er muss sie schöner hinlegen. Weil sie ja so hübsch war, zu Lebzeiten. Also macht er ein wunderschönes Schneewittchen aus ihr. Um ihr eine letzte Ehre zu erweisen.«

Meierhofer sah in seinem Kopf die Bilder, die Staudinger beschrieb, genau vor sich. Es klang gar nicht so unwahrscheinlich, was er da erzählte. Plötzlich wurde ihm eines bewusst: »Unser Täter muss ein Kletterer sein, Stefano. Wie wäre er sonst nach dem Mord oder Totschlag zu der Leiche runtergekommen? Das ist ein Punkt, an den wir anknüpfen sollten, meinst du nicht auch?«

Staudinger nickte abwesend.

»Nur die Axt, die macht eigentlich, wenn man von dieser Mord-im-Affekt-Sache ausgeht, gar keinen Sinn«, ergänzte er schließlich leise.

Meierhofer fuhr sich nervös durch seinen Vollbart. Das tat er immer, wenn er besonders intensiv nachdachte.

»Außer er hat ein Faible für Runen, Geschichtliches oder spirituelle Riten. Möglicherweise hat ja die Axt mit der Berkana-Rune drauf irgendeine besondere Bedeutung, die wir nicht im Geringsten erahnen. Vielleicht ist sie bei Menschen, die auf so etwas stehen, eine beliebte Grabbeigabe.«

Staudinger zuckte mit den Schultern.

»Keine Ahnung – wäre möglich. Was hat es dann allerdings mit dem Teufelssturz-Schriftzug auf sich? Wahrscheinlich ist die

Mord-im-Affekt-Theorie reiner Schwachsinn, und wir haben es doch mit einem durchgeknallten Psychopathen zu tun, der die Frau einfach mit großer Freude am Töten gekillt hat. Der Typ verrückter Serienkiller eben. Wer weiß, wie viele tote junge Frauen mit Holzäxten in den Händen noch in den Wäldern der Wachau herumliegen? Es könnten Hunderte sein.«

Meierhofer bemerkte, dass ihr Gespräch dabei war, ins Absurde abzudriften.

»Weißt du was, wir warten einfach, bis wir wissen, wer unsere Tote ist oder, besser gesagt, war. Dann ermitteln wir vernünftig. Was wir jetzt gerade machen, hat ja eher mit Kaffeesudleserei zu tun. Apropos Kaffeesudleserei – einen zweiten Latte macchiato könnte ich noch vertragen.«

Ein Grinsen huschte über Staudingers Gesicht.

»Bestell dir aber lieber einen koffeinfreien. Lukas schaut nämlich gerade herüber, und ich denke nicht, dass du noch mal zwanzig Euro loswerden willst.«

Meierhofer lächelte ebenfalls.

»Ob du es glaubst oder nicht, Stefano. Für Lukas würde ich meinen letzten Cent geben … Fräulein! Einen zweiten Latte macchiato bitte! Aber mit extra viel Koffein, wenn's recht ist!«

Staudinger schüttelte stumm den Kopf. Ein Hans Meierhofer war eben einfach unverbesserlich.

9

Zurück im Büro schien die Zeit unendlich langsam zu vergehen. Sie hatten einfach zu wenige Anhaltspunkte. Eine Tatsache, die sowohl Meierhofer als auch Staudinger als äußerst unbefriedigend empfanden.

Als dann endlich etwas passierte – das Telefon läutete –, stritten die beiden beinahe darum, wer zur Tat schreiten und das Gespräch entgegennehmen durfte. Staudinger gewann.

»LKA Niederösterreich – Außenstelle Krems, guten Tag«, flötete er gekonnt in den Hörer.

Meierhofer wartete gespannt.

»Dr. Fläderer, gibt's etwa Neuigkeiten in unserem Fall?«

Meierhofers Spannung stieg.

»Nein, tatsächlich? … Das ist ja unglaublich. … Danke! Damit haben Sie uns echt weitergeholfen. Falls Sie noch etwas herausfinden sollten, geben Sie uns bitte Bescheid. … Aber natürlich. … Danke, Ihnen auch einen schönen Abend.«

Meierhofers Spannung steigerte sich ins Unermessliche.

Staudinger legte auf.

»Und, sag schon, was gibt's Neues?«, drängte der Chefinspektor, der kurz davor war, zu platzen.

Staudinger nickte zufrieden.

»Dr. Fläderer hat herausgefunden, wer unsere Tote ist oder war. Es handelt sich um eine achtundzwanzigjährige Bankangestellte. Lebte zuletzt in Krems, aufgewachsen ist sie aber in St. Pölten. Sie heißt Luzia Eddelinger. Fläderer meinte, dass die Daten ihres Gebisses genau zum Gebiss der Leiche passen. Endlich haben wir einen Anhaltspunkt.«

Meierhofer atmete erleichtert aus. Es ging voran. So ein Glück. Nichts war frustrierender als Stillstand-Ermittlungen. Er nannte das immer so. Wenn sich in einer Ermittlung so überhaupt nichts tat, war das in den Augen des Chefinspektors eine Stillstand-Ermittlung.

»Was wissen wir über ihre private Situation?«, fragte Meierhofer nach.

»Noch nicht viel, aber das wird sich gleich ändern«, erwiderte Staudinger, während er an seinem Computer Platz nahm. Auch er war erleichtert. Endlich wussten sie, wer ihre verweste Leiche war. Jetzt mussten sie nur noch herausfinden, wer hinter ihrem viel zu frühen Ableben steckte.

*

»Gut, was wissen wir nun alles über unser Mordopfer?«, begann Meierhofer etwa eine Stunde später das Brainstorming. Staudinger hielt die wichtigsten Punkte auf dem Whiteboard neben ihrer Indizien-Pinnwand fest.

Mit einem fetten schwarzen Stift in den Händen legte dieser auch sofort los: »Unser Opfer, Luzia Eddelinger, war zum Zeitpunkt des Todes achtundzwanzig Jahre alt. Sie lebte in einer schmucken Kremser Stadtwohnung, die sie sich mit Rupert Umhäus, ihrem Verlobten, teilte. Außerdem war sie bereits geschieden, aber bis dato kinderlos. Allerdings war sie zum Todeszeitpunkt in der zwölften Woche schwanger.«

Während Staudinger in Stichworten das, was er gerade gesagt hatte, auf das Whiteboard übertrug, fuhr Meierhofer fort: »Eddelinger, die in St. Pölten geboren und aufgewachsen ist, arbeitete seit zwei Jahren bei einer Kremser Bank. Zuvor war sie ein paar Jahre im Ausland unterwegs. Unter anderem in der Schweiz und in England. Sie hatte keinerlei Vorstrafen.«

Staudinger, der immer noch am Schreiben war, stoppte abrupt. »Ich bin so ein Stronzo!«, rief er.

Immer, wenn der Gruppeninspektor auf Italienisch fluchte, regte ihn etwas besonders auf. Meierhofer wartete einfach ab.

»Luzia Eddelinger. Luzia. Luzi – genau, dass ich da nicht gleich draufgekommen bin!« Nun schlug sich der attraktive Halbitaliener mit der rechten Hand auf die Stirn.

»Was wird das jetzt, Stefano? Selbstverstümmelung für Fortgeschrittene? Mach's nicht so spannend. Worauf hättest du gleich kommen sollen?«

»Du weißt ja, dass Dominik, also, mein Lebensgefährte Dominik ...«

»Klar, welcher Dominik sonst?«

»Also, dass mein Dominik Bankangestellter ist.«

»Ja. Und?« Meierhofer erkannte die Bedeutung dieser Tatsache für ihren aktuellen Fall noch nicht.

Staudinger schien das zu verwundern: »Na, er arbeitet in einer Bank!«

Extreme Betonung des Wortes Bank.

Endlich ging dem Chefinspektor ein Licht auf.

»Doch nicht etwa in derselben Bank wie unser Mordopfer?«

Der Gruppeninspektor nickte aufgeregt.

»Allerdings, so ist es. Ich kann mich genau daran erinnern, dass Dominik mir schon von dieser Luzi erzählt hat. Genaueres weiß ich zwar nicht mehr, aber er hat sicher zuhause von ihr gesprochen. Ich glaube, sie war ein wenig seltsam, diese Luzi.«

»Na gut, dann wissen wir ja jetzt beide, was wir nun zu tun haben, nicht wahr?« Meierhofer blickte auf seine Armbanduhr, die nicht annähernd so schick war wie eines von Stefanos Modellen.

»Du fährst jetzt nachhause und fragst Dominik aus, und ich begebe mich in die Fänge meiner Diät-Drill-Instructorin. Es ist nämlich schon ziemlich spät, mein Lieber. Morgen vernehmen wir dann diesen Rupert Umhäus. Mal schauen, was er so zum plötzlichen Tod seiner Verlobten zu sagen hat. Vor allem interessiert mich, warum er sie nicht als vermisst gemeldet hat. War doch bereits ein schönes Weilchen tot, die Gute.«

Staudinger schlug sich erneut gegen die Stirn.

»Al diavolo! Langsam werde ich alt. Ich glaube, ich sollte noch mehr Knoblauch essen. Das habe ich ja ganz vergessen. Dr. Fläderer hat mittlerweile auch den genauen Todeszeitpunkt herausgefunden. Hat er vorhin am Telefon gesagt. Luzia Eddelinger ist vor siebzehn Tagen gestorben. Am 20. September.«

»Siebzehn Tage«, murmelte der Chefinspektor, »siebzehn Tage, in denen sie ihrem Verlobten nicht abgegangen ist. Klingt ziemlich seltsam, wenn du mich fragst. Ich kann es gar nicht erwarten, dem Mann einen Besuch abzustatten.«

»Ich auch nicht, Hans. Ich auch nicht.«

10

In der Prä-Diät-Zeit war Meierhofer abends mit einem beinahe selig machenden Glücksgefühl nachhause gekommen. In freudiger Erwartung der kulinarischen Köstlichkeiten, die täglich auf ihn gewartet hatten. Seit er aber von Irene auf diese dumme Diät gesetzt worden war, genoss der Chefinspektor das Nachhausekommen überhaupt nicht mehr.

An diesem Abend sollte es jedoch noch schlimmer werden, als es derzeit ohnehin schon war. Bereits von Weitem hörte Meierhofer die flüsternden Stimmen, die er nur allzu gut kannte:

»Geh halt du hinein und hol ihn raus! Es ist ja schließlich deine Familie! Ich habe keine Lust auf die vorwurfsvollen Blicke deiner Eltern. Die glauben sicher, dass ich an unserer Ehekrise schuld bin.«

»Bist du ja auch, oder wer schaut plötzlich jedem kurzen Rock nach?! Ich hol' ihn nicht raus – immerhin ist er wegen dir zu seinen Großeltern geflüchtet.«

»So ein Unsinn! Er wollte weg, weil seine Mutter plötzlich auf dem Selbstverwirklichungstrip ist. Yoga da, Esoterik-Schas dort – das hält doch kein Schwein aus. Schon gar nicht ein Pubertierender.«

Meierhofer beschloss, dass es Zeit war, einzugreifen. Er ging einige Schritte auf seine Tochter und seinen Schwiegersohn zu und polterte los: »Wenn ihr beide unbedingt eure Ehe aufs Spiel setzen wollt, ist das eure Sache, aber in meinem Haus wird nicht gestritten, verstanden?!«

Sowohl Marianne als auch Karl zuckten zusammen und wurden knallrot im Gesicht. Sie fühlten sich ertappt.

Meierhofer setzte noch eins drauf: »Also, fahrt nachhause und streitet dort weiter! Oder besser noch, überlegt euch, was ihr euch und eurem Sohn mit eurem kindischen Verhalten antut! Der Bub bleibt bei uns, bis ihr wieder zur Vernunft gekommen seid!«

Damit schloss er die Haustür auf, um sie wenig später knallend hinter sich zuzuschmeißen.

Ein beeindruckter Lukas wartete im Vorhaus auf seinen Großvater. »Danke, Opa. Ich meine, dass ich bei euch bleiben darf. Den beiden hast du's aber gezeigt. Hoffentlich denken sie jetzt wenigstens ein bisschen darüber nach, was sie da gerade treiben.«

Das Aufheulen eines Motors war zu hören, danach das eines zweiten.

Meierhofer schüttelte traurig den Kopf. Dabei murmelte er: »Sogar mit zwei Autos sind sie gefahren, die Deppen. Vielleicht sollte ich sie enterben.«

Im selben Moment umarmte Irene ihren Mann von hinten.

»Die beruhigen sich schon wieder, Schatz. Denk daran, wie oft wir eine Krise gehabt haben. Das gehört einfach zu einer richtigen Ehe dazu.«

Der Chefinspektor überlegte kurz, was wohl eine falsche Ehe war, schlüpfte dann aus seinen Schuhen und erstarrte, als er sah, was auf dem Küchenboden auf ihn wartete.

»Nein, bitte nicht Irene. Darauf habe ich jetzt überhaupt keine Lust«, murrte er.

Meierhofers bessere Hälfte ließ ihm jedoch keine Wahl.

»Du musst jeden dritten Tag auf die Waage, Schatz. Das bleibt dir nicht erspart. Denk daran, was der Doktor gesagt hat.«

Der Doktor! Aus irgendeinem Grund konnte Meierhofer das Wort Doktor nicht mehr hören.

»Was machst du denn, Opa?«, fragte Lukas entgeistert, als der Chefinspektor anfing, sich aus seinen Jeans und dem Hemd zu schälen.

»Na, ich zieh' mich aus. Du glaubst ja gar nicht, wie viel so ein Paar Jeans wiegt. Das verfälscht doch das Ergebnis total.«

In seiner alten, ausgewaschenen Unterhose und den löchrigen Socken stellte sich Meierhofer auf die Waage. Dabei sandte er Stoßgebete zum Himmel, dass seine kleinen oder auch größeren Diät-Schummeleien nicht allzu schwer ins Gewicht fallen würden. Hoffentlich hatte er nicht zugenommen!

Ein Auge zukneifend, blickte der Chefinspektor auf die digitale Anzeige der Waage. Auch Irene, die im Drill-Instructor-Modus war, fixierte die Anzeige. Als die kleinen, roten Zahlen erschienen, wusste Meierhofer, dass er ein Problem hatte.

»Einhundertundfünf Kilo! Wie ist denn das möglich?! Du isst doch seit Tagen nur noch beinahe kalorienloses Zeug. Eigentlich solltest du längst unter hundert Kilo sein, Hans!«, schrillte Irenes Stimme in den empfindlichen Ohren ihres Gatten. Ganz Drill-Instructor eben.

Meierhofer zuckte mit den Schultern und entgegnete kleinlaut: »Ich habe immerhin in der letzten Woche zwanzig Deka abgenommen. Das ist doch schon was, Schatz.«

Nun kam die Frage, vor der er sich seit Tagen fürchtete: »Hältst du dich auch wirklich an die Diät, Hans?! Oder stopfst du im Büro heimlich Kalorienbomben in dich hinein?!«

Im Moment hatte Irene so überhaupt nichts Liebevolles an sich. Aber war ihr das zu verdenken? Sie gab sich alle Mühe, um ihren Gatten gesund zu ernähren, und er hinterging sie eiskalt. Was sollte er jetzt antworten? Wie eine allzu heftige Lüge umgehen, ohne ein Geständnis abzulegen?

Lukas kam seinem Opa zu Hilfe: »Oma, ich hab' mal gehört, dass es am Anfang einer Diät ganz normal ist, wenn man nicht stark abnimmt oder vielleicht sogar ein wenig zulegt. Für den Körper ist so eine Nahrungsumstellung ja auch nicht einfach. Außerdem geht Opa jetzt regelmäßig walken. Vielleicht hat er schon Muskeln aufgebaut. Die sind schwerer als Fett, weißt du.«

Meierhofer musste sich neidlos eingestehen, dass sein Enkel ein weit besserer Schauspieler war als er selbst. Er schien von dem, was er sagte, tatsächlich überzeugt zu sein. Er befürchtete, dass ihn dieser selbstlose theatralische Einsatz seines Nachkommen einiges kosten würde. Aber wenigstens schien er Früchte zu tragen. Irenes Gesichtszüge entspannten sich ein bisschen. Immerhin war Lukas ihr Liebling. Ihm hätte sie alles abgekauft.

»So habe ich das allerdings noch nicht gesehen, Schatz. Stimmt, es könnte wirklich am Walken liegen. Das sollten wir dann aber noch ein wenig intensivieren, Hans. Wenn du so schnell Muskeln aufbaust, hast du bald ein Sixpack.«

Auf Lukas' Gesicht machte sich ein Grinsen breit, das dessen Oma, die nun wieder auf die Waage blickte, nicht sehen konnte. Meierhofer selbst nahm es aber ganz deutlich wahr, das hämische Lächeln seines Enkels.

Resignierend, da er keine andere Wahl hatte, antwortete er: »Gerne, Irene. Gehen wir häufiger walken. Ich spüre ja auch, dass es mir guttut.«

Meierhofer hasste Walken! Abgesehen davon, dass es eine unzumutbare körperliche Anstrengung darstellte, sah man mit den beiden Skistöcken in den Händen auch extrem bescheuert aus. Noch dazu, wo im Moment kein bisschen Schnee in Sicht war.

Irene schien zufrieden: »Okay. Dann lasse ich den Rohkostsalat, den du heute Abend bekommst, noch ein wenig im Kühlschrank, und wir gönnen uns vorher eine Runde Nordic Walking. Möchtest du mitkommen, Lukas?«

Lukas schob sein T-Shirt in die Höhe und deutete auf seinen flachen Bauch.

»Nein danke, Oma. Ich habe schon ein Sixpack.«

Dann grinste er seinem Großvater zu.

»Viel Spaß, Opa. Ich mach' mir einstweilen eine Tiefkühlpizza.«

Meierhofers stattlicher Bauch gab ein lautes Knurren von sich.

»Danke, ich hab' dich auch lieb, Enkelsohn.«

Und schon sehnte er sich zurück ins Büro. Wo ein spannender Mordfall auf ihn wartete – und eine Schachtel Pralinen, die er in seiner Schreibtischschublade versteckt hatte.

11

Am nächsten Morgen war Meierhofer doppelt grantig. Einerseits hatte er einen Muskelkater vom Walken, andererseits außer einem furchtbar gesund schmeckenden Müsli nichts im Magen. Aufgrund des schlechten Gewissens, das ihn gestern Abend noch massiv befallen hatte, hatte er sich vorgenommen, die Diät nun doch einzuhalten und sich nicht mehr heimlich mit Kalorienbomben vollzustopfen. Ein Entschluss, den er nun schon wieder bereute. Aber er war stark. Er musste es doch schaffen, das Grummeln in seinem Bauch zu ignorieren.

»Morgen, Hans. Und? Gehen wir's gleich an?«, lautete Staudingers schwungvolle Begrüßung, als Meierhofer das Büro betrat.

Der stand noch etwas neben sich. »Angehen?«, fragte er mürrisch.

»Oh, oh, Diät-Grant«, flüsterte Staudinger in sich hinein. Ein wenig lauter antwortete er schließlich: »Wir wollten doch heute als Erstes den Verlobten unserer Verstorbenen vernehmen. Du weißt schon, diesen Rupert Umhäus.«

Meierhofer, der sich gerade auf seinen Bürosessel fallen lassen wollte, richtete sich wieder auf.

»Rupert Umhäus – klar – hatte ich beinahe vergessen. Gut, lass uns gleich zu ihm fahren. Was hat dir übrigens dein Dominik über Luzia Eddelinger erzählt?«

Staudinger erhob sich nun ebenfalls und griff nach den Schlüsseln seines schicken Sportwagens.

»Noch nicht allzu viel. Er wird sich heute in der Bank umhören und berichtet mir dann am Abend, hat er gemeint.«

Der Chefinspektor nickte nur stumm. Irgendwie war ihm heute nicht nach unnötiger verbaler Kommunikation.

Als die beiden Kriminalbeamten die Außenstelle des Landeskriminalamtes Niederösterreich verließen, zeigte sich der Herbst von seiner schönsten Seite. Die Sonne schien auf das bunte Laub der Bäume rings um das Gebäude, die nahe Krems plätscherte gemächlich vor sich hin, und ein beinahe laues Lüfterl wehte. Keine Spur mehr von der Nebelsuppe, die Staudinger gestern so frustriert hatte.

»So mag ich den Herbst«, meinte der Gruppeninspektor deshalb auch, als er die Fahrertür seines Wagens aufschloss.

Ein teilnahmsloses Grunzen war Meierhofers Reaktion auf diese Bemerkung. Spätestens jetzt verstand Staudinger, dass sein Chef heute wenig Interesse an belanglosen Plaudereien hatte.

Dementsprechend sprachlos verbrachten sie auch die kurze Fahrt in Richtung Ringstraße, wo Rupert Umhäus' und Luzia Eddelingers Wohnung lag. Nachdem Staudinger einige Runden gefahren war, um endlich einen Parkplatz zu finden, stiegen die beiden, immer noch schweigend, aus.

Als Meierhofer am Kopf von einer Kastanie getroffen wurde, die einer der Alleebäume über ihm verloren hatte, musste Staudinger sich schwer zusammenreißen, um nicht laut aufzulachen. Stattdessen sagte er mitleidig: »Ist wohl heute nicht dein Tag, Hans.«

»Eher nicht meine Woche – oder mein Monat«, grummelte der Chefinspektor, der nur eine Form von Kastanien mochte: die Maroni, die beim Maronibrater in der Kremser Altstadt besser waren als irgendwo sonst. Nur dessen Bratkartoffeln, die mochte Meierhofer noch lieber. Am allerliebsten mit einem dicken Klecks Ketchup drauf. Meierhofers Magen quittierte die gehäuften Essensgedanken mit einem lauten Knurren.

Staudinger hatte Mitleid mit seinem hungernden Chef. »Weißt du was, jetzt befragen wir schnell den Umhäus, und dann gehen wir in ein Kaffeehaus«, schlug er vor.

Ein heftiges Meierhoferisches Kopfschütteln war die Folge. »Nein. Kein Kaffeehaus für mich, Stefano. Ich zieh' das jetzt durch mit der Diät.«

»Ich hab's ja nur gut gemeint. Also dann, kein Kaffeehaus, sondern nur Umhäus«, erwiderte Staudinger, der bereits die Tür des alten Wohnhauses geöffnet hatte.

Als die beiden vor der Wohnung im zweiten Stock standen, die Luzia Eddelinger mit ihrem Verlobten bewohnt hatte, wurde noch vor dem Anläuten schwungvoll deren Tür geöffnet. Heraus trat ein geschniegelter Mann Anfang dreißig, der eine Notebooktasche unterm Arm trug und anscheinend auf dem Weg zur Arbeit war.

Er stoppte, als er Meierhofer und Staudinger erblickte, und fragte unfreundlich: »Wollen Sie zu mir?«

»Wenn Sie Herr Rupert Umhäus sind, dann wollen wir zu Ihnen. Sie sind doch Rupert Umhäus?«, erwiderte Meierhofer unwirsch.

Der geschniegelte Typ rührte kein Ohrwaschl. Stattdessen versuchte er, sich an den beiden Inspektoren vorbeizudrängen.

Meierhofer, der ohnehin auf hundertachtzig war, stellte sich Umhäus in den Weg. Der meinte daraufhin ruppig: »Ich hab' jetzt keine Zeit! Ich muss zur Arbeit.«

Staudinger zog seinen Dienstausweis aus der Tasche, hielt ihn Rupert Umhäus unter die Nase und sagte scharf: »Kriminalpolizei. Das hier ist Chefinspektor Meierhofer«, nun zückte auch Meierhofer seinen Dienstausweis, »und mein Name ist Staudinger. Gruppeninspektor Staudinger. Sie werden sich wohl oder übel Zeit für uns nehmen müssen, Herr Umhäus. Außer natürlich, es interessiert Sie nicht, was mit Ihrer Verlobten passiert ist. Luzia Eddelinger war doch Ihre Verlobte, nicht wahr?«

Umhäus wurde stutzig. Mit weit aufgerissenen Augen fragte er: »Wieso denn war? Luzia ist meine Verlobte.«

Nun tat der Mann Staudinger ein wenig leid. Meierhofer hingegen war viel zu hungrig, um auch nur einen Hauch von Mitleid zu verspüren.

»Dürfen wir kurz reinkommen, Herr Umhäus? Das, was wir Ihnen zu sagen haben, sollten Sie nicht unbedingt zwischen Tür und Angel erfahren«, meinte Staudinger mitfühlend.

Umhäus nickte stumm. Er öffnete die Tür, ließ die beiden Inspektoren eintreten und folgte ihnen dann.

Staudinger ging bis ins Wohnzimmer und deutete dort auf die elegante braune Ledercouch, die das Zentrum des Raumes bildete.

»Setzen Sie sich lieber, Herr Umhäus.«

Eine unheimliche Stille machte sich breit. Meierhofer beobachtete die Szene mit steinerner Miene. Ihm war Rupert Umhäus nicht sympathisch. Er war einer dieser Yuppie-Typen, die glaubten, dass ihnen die Welt gehörte. Aber im Zustand absoluter Unterzuckerung war dem Chefinspektor wohl niemand sympathisch.

Rupert Umhäus, der mittlerweile schneeweiß im Gesicht war, durchbrach mit zittriger Stimme als Erster die Stille: »E… e… es ist ihr etwas passiert, der Luzi, stimmt's?«

Meierhofer agierte wenig einfühlsam: »Allerdings. Sie ist tot.«

Ein scharfer Blick seines Kollegen war die Folge. Staudinger wandte sich dem Verlobten der Toten zu und erklärte: »Wir haben Grund zu der Annahme, dass Ihre Verlobte ermordet wurde, Herr Umhäus. Wann haben Sie sie denn zum letzten Mal gesehen?«

»Lebendig meint er«, setzte der Chefinspektor grantelnd nach. Er ging davon aus, dass Umhäus seine Verlobte um die Ecke gebracht hatte.

»Hans!«, zischte Staudinger, dem es nun etwas zu bunt wurde.

Meierhofer zuckte nur mit den Schultern.

Rupert Umhäus brach in Tränen aus. Nur mühsam antwortete er: »Ich habe die Luzi schon seit vier Wochen nicht mehr gesehen. Sie hat gesagt, dass sie in die Schweiz will. Ihre Bekannten von früher besuchen. Ein wenig Urlaub machen. Aber eigentlich hätte sie schon vor zwei Wochen zurückkommen sollen. Ich hab' mir ziemlich große Sorgen gemacht, nachdem ich sie nicht erreicht habe.«

»Und warum sind Sie dann nicht zur Polizei gegangen?«, fragte Meierhofer bissig nach.

»I…, i…, ich dachte, dass sie möglicherweise nichts mehr von mir wissen will. Wir haben in der letzten Zeit immer wieder miteinander gestritten«, erwiderte Umhäus ehrlich.

»Gestritten. Na, wenn das kein Motiv ist.«

Staudinger ignorierte den Kommentar seines Chefs und fragte: »Welche Bekannten in der Schweiz wollte sie denn besuchen?«

Rupert Umhäus schluchzte kurz, dann erklärte er: »Luzi hat einige Jahre in der Schweiz gelebt und dort natürlich jede Menge Leute kennen gelernt. Sie hatte noch Kontakt zu diesen Leuten, wollte sie besuchen und zu unserer Hochzeit einladen.«

»Das heißt, Sie haben Ihre Hochzeit geplant, obwohl Sie in der letzten Zeit häufig miteinander gestritten haben?«, hakte der Gruppeninspektor nach.

Umhäus nickte.

»Ja. Wir haben vor allem über die Hochzeit gestritten. Luzi wollte eine große Märchenhochzeit, ich hab's mir eher klein und gemütlich vorgestellt.«

»Wollten Sie heiraten, weil Ihre Verlobte schwanger war?«, fragte Meierhofer ein wenig unsensibel.

Rupert Umhäus sah überrascht aus.

»Luzi war schwanger? Aber, das wusste ich gar nicht!«

»Ist Ihnen denn nicht aufgefallen, dass sie ein wenig zugenommen hatte?«, wollte Staudinger wissen.

»Schon, aber nachdem sie in der letzten Zeit mehr gegessen hat als sonst, dachte ich, das kommt vom Essen. Mir war das nicht so wichtig. Figur, Aussehen – das sind doch nur Äußerlichkeiten. Darauf kommt es doch im Leben gar nicht an.«

Wie rührend – ein Romantiker.

Meierhofer hatte genug von der Show. Er ging auf Umhäus zu und zischte: »Herr Umhäus, ersparen Sie uns doch dieses Theater! Von wegen – ich hatte keine Ahnung. War es nicht vielmehr so, dass Sie genau wussten, dass Ihre Verlobte von einem anderen Mann schwanger war? Deshalb wollten Sie sie loswerden und haben sie eiskalt ermordet.«

Auf dem Gesicht des Trauernden machte sich das blanke Entsetzen breit. »Sie sind doch verrückt! Warum hätte Luzi von einem anderen schwanger sein sollen? Wir waren einander immer treu. Nie, nie im Leben hätte ich ihr was antun können. Wir waren doch ein Herz und eine Seele.«

Staudinger versuchte, Rupert Umhäus zu beruhigen: »Keine Angst, Herr Umhäus. Das glauben wir Ihnen ja.«

Ein verächtliches Grunzen des Chefinspektors war die Folge.

Staudinger ließ sich davon nicht irritieren.

»Dürften wir eine DNA-Probe von Ihnen nehmen, Herr Umhäus? Dann kann unser Gerichtsmediziner feststellen, ob Sie der Vater des Kindes waren. Das ist doch auch in Ihrem Interesse, nicht wahr?«

Umhäus nickte erneut stumm.

Nachdem Staudinger die Probe genommen hatte, sagte er: »Ich glaube, für's Erste war's das, Herr Umhäus. Wir müssen Sie bitten, weiterhin für uns zur Verfügung zu stehen. Also, verlassen Sie das Land nicht. Gibt es jemanden, den wir für Sie verständigen können? Damit Sie in dieser Situation nicht alleine sind.«

»Ja, bitte, meine Eltern. Die Nummer ist als Erste in meinem Telefon eingespeichert.«

Während Staudinger die Familie des Mannes verständigte, wandte sich dieser an Meierhofer: »Kann ich Sie noch einmal sehen, meine Luzi? Bitte!«

Plötzlich fiel der Hunger-Grant vom Chefinspektor ab. Der verzweifelte Gesichtsausdruck des jungen Mannes traf nun sogar ihn mitten ins Herz. Er legte ihm die rechte Hand auf die Schulter und meinte sanft: »Glauben Sie mir, es ist besser, wenn Sie sie nicht mehr sehen.«

Meierhofers Blick fiel auf ein Foto der Verstorbenen, das ihnen gegenüber an der Wand hing. Sie war eine bildschöne junge Frau gewesen.

»Behalten Sie sie lieber so in Erinnerung, wie sie auf diesem Foto da drüben aussieht, Herr Umhäus. In schöner Erinnerung. Tote sollte man immer in schöner Erinnerung behalten.«

12

»Sag mal, Hans, was war denn das gerade? Noch unprofessioneller hättest du dich nicht verhalten können?!«

Staudinger war deutlich anzusehen, dass er sauer war.

Meierhofer, der durchaus wusste, dass er sich nicht ganz korrekt verhalten hatte, konterte: »Du warst doch auch der Meinung, dass Umhäus unser Er ist. Dass er Luzia Eddelinger auf dem Gewissen hat.«

»Und wenn schon. Das rechtfertigt noch lange nicht dein unsensibles Verhalten von vorhin! Dass du grantig bist, weil Irene dich auf diese Diät gesetzt hat, kann ich ja verstehen, Hans, aber das darfst du doch nicht an unseren Verdächtigen auslassen!« Der Gruppeninspektor schüttelte genervt den Kopf.

»Ich hätte dich für vernünftiger gehalten, Hans. Immerhin bist du der Chef hier. Weißt du, was? Das Beste wird sein, du brichst diese Diät ab, bevor du noch im Knast landest. Wer weiß, was du noch alles anstellst, wenn du unterzuckert bist.«

Meierhofer seufzte.

»Ich kann diese Diät nicht abbrechen, Stefano. Gestern Abend habe ich hundertfünf Kilo gewogen! Einhundertundfünf Kilo, verstehst du?!«

»Na und, du bist ja auch groß. In deinem Fall sind einhundertundfünf Kilo also nicht soooooo tragisch. Muss ja nicht jeder aussehen wie ein Strich in der Landschaft.«

Meierhofer entkam ein Grinsen.

»Wie ein Strich in der Landschaft soll ich eh nicht werden, wenn es nach Irene geht. Eher ein Cornetto-Typ. So einer wie du eben.«

Staudinger brach in schallendes Gelächter aus. Die schlechte Stimmung zwischen ihnen beiden war damit endgültig Geschichte.

»Hans Meierhofer als Cornetto-Typ. Das kann ich mir beim besten Willen nicht vorstellen. Du bist Ende fünfzig, Hans. In deinem Alter sind Cornetto-Typen meistens nur peinlich. Ich glaube, ich sollte mal mit Irene sprechen. Sie hat ja keine Ahnung, was sie deiner Umwelt mit dieser dummen Diät antut.«

Ein Schulterzucken war Meierhofers Reaktion auf diese Ankündigung.

»Mach, was du nicht lassen kannst. Vielleicht sollten wir doch auf einen Kaffee gehen und in Ruhe überlegen, was wir als Nächstes machen. Da fällt mir ein, wir haben vergessen, Rupert Umhäus nach seinem Alibi zu fragen. Sollen wir noch mal reingehen?«

»Nein, lieber nicht. Der Umhäus haut uns schon nicht ab. Ich denke nicht, dass er etwas mit dem Tod seiner Verlobten zu tun hat. Lassen wir ihn jetzt mal in Ruhe und gehen wir lieber der Schweiz-Spur nach. Mich interessiert brennend, ob Luzia Eddelinger tatsächlich dort war. Zeitlich würde es sich ja ausgehen. Wenn ihr Verlobter sie vor vier Wochen das letzte Mal gesehen hat und sie am 20. September gestorben ist, bleiben noch genügend Tage, die sie in der Schweiz hätte verbringen können.«

*

Zurück im Büro, dauerte es nur ein paar Stunden, bis sie wussten, dass die Schweiz-Spur eine war, die nicht im Sande verlaufen würde.

Staudinger wachelte mit einem Fax vor Meierhofers Nase herum. Triumphierend sagte er: »Luzia Eddelinger ist tatsächlich in die Schweiz geflogen. Genauer gesagt, nach Bern. Und zwar am 16. September, also vier Tage vor ihrem Tod.«

Der Chefinspektor, dem bei Bern als Erstes Berner Würstel einfielen, nickte anerkennend.

»Interessant. Wissen wir auch, wann sie zurückgeflogen ist?«, fragte er gespannt nach.

»Das ist ja das Seltsame daran. Ihr Flug von Wien nach Bern, das war ein One-Way-Ticket. Sie ist nicht zurückgeflogen«, erwiderte Staudinger.

Meierhofer stand auf, fuhr sich durch seinen Vollbart und begann, im Zimmer auf und ab zu gehen.

»Okay, sie ist nicht zurückgeflogen. Am 16. September landet Luzia Eddelinger in Bern, wo sie, laut ihres Verlobten, einen zweiwöchigen Urlaub verbringen möchte, sie fliegt nicht zurück nach Österreich, wird aber am 20. September nahe der Ruine Aggstein ermordet. Ist sie vielleicht mit dem Zug gefahren? Oder mit dem Bus? Ein Taxi wäre wohl zu teuer. Allerdings könnte sie auch ein Auto gemietet haben«, überlegte der Chefinspektor laut.

Staudinger stieg in die Überlegungen ein: »Oder aber, jemand hat sie zurück nach Österreich gebracht. Vielleicht einer ihrer Schweizer Bekannten?«

»Ein Schweizer Bekannter, der sie dann auch gleich umgelegt hat?«, äußerte Meierhofer eine gewagte Vermutung.

»Schon möglich«, erwiderte Staudinger, »auf alle Fälle sollten wir Rupert Umhäus noch mal besuchen. Möglicherweise kann er uns ja sagen, bei wem seine Verlobte in der Schweiz untergekommen ist. Wie es im Moment aussieht, hat sie nämlich kein Hotel gebucht. Kann also sein, dass einer ihrer ehemaligen Arbeitskollegen beziehungsweise eine der Kolleginnen sie aufgenommen hat. Oder irgendeine Freundin, die sie von früher her kannte. Sobald wir wissen, mit wem Luzia Eddelinger Mitte September in der Schweiz Kontakt hatte, sollten wir eine kleine Reise machen. Meinst du nicht auch? Da fällt mir ein – sag mal, hast du nicht eine Freundin bei der Berner Polizei, Hans?«

Meierhofer blieb abrupt stehen. »Aber sicher. Die Zwiggli Roberta, die ist sogar die Chefin der Kriminalpolizei der Kantonspolizei Bern. Ich glaube, ich sollte sie wieder einmal anrufen, die Roberta. Vielleicht kann sie uns ja weiterhelfen. Würde uns einen

Trip in die Schweiz ersparen – und der legalere Weg wäre es auch. Einfach so in einem anderen Land auf eigene Faust ermitteln, das sehen die Behörden nämlich nicht so gerne, Stefano.«

»Als ob ich das nicht wüsste, Hans. Dann ruf mal diese Zwiggli an. Ich fahre einstweilen noch mal zu Rupert Umhäus. Mal schauen, was er mir noch zu erzählen hat.«

*

Eine Stunde später kam Staudinger ernüchtert zurück in die Außenstelle des Landeskriminalamtes Niederösterreich.

»Der Umhäus ist weg«, murmelte er frustriert, als er das Büro betrat.

»Wie, der Umhäus ist weg?«, fragte Meierhofer, der gerade eine Tasse koffeinfreien Löskaffees in den Händen hielt, ungläubig.

»Na, er ist weg. Verschwunden. Untergetaucht«, war die kleinlaute Antwort des Gruppeninspektors.

Meierhofer sprang von seinem Sessel auf, wobei er einen großen Schluck des Kaffees verschüttete. Da es nur koffeinfreier Placebokaffee war, fand der Chefinspektor das allerdings nicht allzu schlimm. »Hast du nicht vorhin gemeint, dass uns der Umhäus nicht abhaut? Vielleicht ist er ja bei seinen Eltern oder lässt sich in irgendeinem Wirtshaus volllaufen.«

Staudinger schüttelte vehement den Kopf.

»Nein, eine Nachbarin hat mir erzählt, dass er mit einem Koffer in den Händen in ein Taxi gestiegen ist. Ich habe bereits bei den Kremser Taxiunternehmen nachgefragt. Rupert Umhäus hat sich nach Wien-Schwechat bringen lassen.«

Meierhofer schwante Böses. »Mit dem Taxi nach Wien-Schwechat? Na ja, Geld genug hat er ja anscheinend, der Herr Umhäus. Macht ihn irgendwie verdächtig, dass er Hals über Kopf das Land verlässt, obwohl er uns kurz zuvor noch den trauernden Beinahe-Witwer vorgespielt hat. Sollen wir Europol und Interpol einschalten?«

»Wird wohl das Beste sein. Nachdem es schon etliche Stunden her ist, dass wir Umhäus in seiner Wohnung zurückgelassen haben, sitzt er wahrscheinlich schon im Flieger. Irgendeinen Last-Minute-Flug hat er sicher bekommen.«

Staudinger war am Boden zerstört. Seine sonst so solide Menschenkenntnis hatte ihn im Stich gelassen. Nie im Leben hätte er gedacht, dass Rupert Umhäus Dreck am Stecken hatte. Aber augenscheinlich hatte er den.

Meierhofer stand auf und ging zur Espressomaschine, die das Prunkstück der kleinen alten Küche ihres Büros war.

»Auf den Schreck brauche ich jetzt einen ordentlichen Kaffee«, murmelte er, während er seine kitschige Hans-Tasse auf der Espressomaschine platzierte.

Dann ergänzte er: »Nimm's nicht so schwer, Stefano. Wir alle machen Fehler. Was glaubst du, wie oft ich mich schon in Menschen getäuscht habe. Denk nur an die Grahninger zurück. … Was macht denn dieser Rupert Umhäus beruflich? Vielleicht ist ja sein Beruf ein Anhaltspunkt, der uns weiterhelfen könnte.«

Staudinger überlegte nicht lange: »Umhäus ist ebenfalls im Finanzwesen tätig. Er und Luzia Eddelinger haben gut zusammengepasst, was das angeht.«

Meierhofer griff nach der Hans-Tasse, die endlich voll war, roch daran und schwärmte: »Mhm, genauso muss Kaffee riechen«, er ging zum Kühlschrank, goss jede Menge Milch in das Häferl, nahm einen Schluck und ergänzte dann, »und schmecken.«

Er ging zurück zu seinem Chefsessel, ließ sich hineinplumpsen und sagte: »So, ein, zwei Stunden arbeiten wir noch, dann gehen wir zu dir nachhause und fragen deinen Dominik über Luzia Eddelinger aus.«

Meierhofer hoffte insgeheim, dass er Irenes Abendessen entkommen und bei Dominik und Stefano einhauen konnte.

»Ein bis zwei Stunden?«, fragte Staudinger skeptisch nach. »Bei der Fülle an Arbeit, die wir in diesem Fall haben, könnten wir die ganze Nacht durcharbeiten. Wir haben keine Ahnung, wo Rupert

Umhäus ist, wissen nicht, wo genau und wie lange Luzia Eddelinger in der Schweiz war, was sie dort wollte, wie sie wieder nach Österreich gekommen ist. Außerdem haben wir keine Ahnung, was der Täter mit der Berkana-Rune genau ausdrücken wollte, und nicht einmal den blassesten Schimmer, was es mit dem *Teufelssturz*-Schriftzug auf sich hat. Ach ja, und ob Luzia Eddelingers ungeborenes Kind das Kind von diesem Umhäus war, wissen wir auch noch nicht. Abgesehen davon haben wir noch nicht mit dem Exmann der Toten, der in der Schweiz lebt, und ihrer Familie gesprochen. Und so weiter und so fort. Wie sollen wir das nur zu zweit schaffen?«

Meierhofer stand auf, ging auf Staudinger zu und fasste den Gruppeninspektor mit beiden Händen an den Schultern.

Er wusste genau, wie Stefano sich im Moment fühlte. Er kannte ihn selbst auch nur zu gut, diesen Augenblick, in dem man dachte, dass die Arbeit, die einem bevorstand, nicht zu bewältigen war. Wahrscheinlich kannte diesen Augenblick jeder Mensch, nicht nur ein Kriminalbeamter. Wichtig war es, in diesen Momenten wieder runterzukommen. Sich nicht selbst verrückt zu machen.

Meierhofer blickte seinem jungen Kollegen in die Augen und meinte beruhigend: »Keine Angst, Stefano, wir schaffen das schon. Wir machen einfach eines nach dem anderen. Außerdem sind wir ja nicht ganz alleine. Gregor und sein Team und Dieter Doppler, der Laborheini, sind ja auch noch da. Außerdem Europol, Interpol und meine Berner Bekannte, die Roberta Zwiggli. Die habe ich allerdings noch nicht erreicht. Aber ich probier's gleich wieder, okay? Also, wie mein Enkel Lukas sagen würde: Cool down, man.«

Staudinger musste schmunzeln. Cool down, man. Da gab man einem unterzuckerten Meierhofer auf Koffeinentzug nur einen einzigen starken Kaffee, und er entdeckte den Rastafari in sich.

13

Die ein, zwei Stunden, die sie noch im Büro verbracht hatten, waren ergebnislos verlaufen. Meierhofer hatte seine Freundin in Bern nicht erreichen können, von Rupert Umhäus gab es immer noch nicht die geringste Spur, und auch, was das Wort Teufelssturz anging, fehlte ihnen die heiß ersehnte Erleuchtung.

Nun lag alle Hoffnung auf dem Gespräch mit Dominik, Stefanos Lebensgefährten, der sie bereits erwartete.

»Oh, der Herr Chefinspektor! Welch edler Glanz erfüllt unsere bescheidene Hütte. Das freut mich aber, dass Stefano dich mitgebracht hat, Hans. Ich habe ohnehin für vier gekocht. Du kannst also für zwei essen«, empfing er Meierhofer strahlend.

Stefano begrüßte seinen Freund mit einem Busserl auf die Wange und flüsterte dann: »Er ist auf Diät.«

Ein erstaunter Ausdruck erschien auf Dominiks Gesicht.

»Aber wieso denn das, Hans? Du bist doch ein stattlicher Mann im besten Alter. Steht dir ganz gut, dein kleines Bäuchlein.«

Der Chefinspektor fuhr sich grinsend über seine Wampe, wie er seinen Bauch liebevoll nannte, und erwiderte: »Bäuchlein – ich glaube, du brauchst eine Brille, Dominik. Die Diät war die Idee meiner wundervollen Gattin und unseres Hausarztes.«

»Ah, ich verstehe, Cholesterin und so. Aber keine Sorge, ich habe Pasta gekocht – Penne all' arrabiata – die sind gesund. Was glaubst du, warum Stefanos Vorfahren so beneidenswert jung aussehen? Die ernähren sich fast ausschließlich von diesem Zeug und haben keine Probleme mit ihren Blutwerten. Meine Penne all' arrabiata kannst du also ohne schlechtes Gewissen essen.«

Zehn Minuten später schaufelte Meierhofer die besten Penne all' arrabiata seines Lebens in sich hinein – schön fruchtig, gleichzeitig aber auch teuflisch scharf, genauso, wie er sie liebte. Zum ersten Mal an diesem Tag fühlte er sich so richtig wohl. Es musste ja wirklich nicht immer Fleisch sein, ein deftiges Bratl mit Knödeln oder ein Schnitzel. Diese Nudeln, die schmeckten auch toll und waren sicher gesünder als Irenes Hausmannskost.

»Und, Dominik, erzähl endlich! Was hast du über Luzia Eddelinger herausgefunden?«, fragte Meierhofer, nachdem er den letzten Bissen der himmlischen Penne genossen hatte.

Dominiks Stimmungslage änderte sich schlagartig. Er wurde ernst. »Eine ganze Menge. Diese Luzi, die hatte anscheinend jede Menge Dreck am Stecken. Es ranken sich auf alle Fälle die unterschiedlichsten Gerüchte um sie.«

Staudinger und Meierhofer blickten einander erstaunt an. Luzia Eddelinger, ihr unschuldiges, zu Lebzeiten so attraktives Opfer hatte Dreck am Stecken gehabt?

»Welche Art von Dreck?«, fragte der Gruppeninspektor neugierig nach.

»Na ja, wir ihr bereits wisst, hat sie einige Jahre in der Schweiz gelebt und gearbeitet«, begann Dominik seine Ausführungen.

Die Schweiz – da war sie wieder.

»Also, während dieser Zeit dürfte sie, wenn man den Gerüchten glauben kann, in eine ausgewachsene Schwarzgeld-Affäre verstrickt gewesen sein. Hat da das eine oder andere Ding gedreht, die Gute.«

»Schwarzgeld-Affäre?!«, entfuhr es den beiden Kriminalbeamten zeitgleich.

Dominik nickte. »Aber, das ist noch nicht alles. Angeblich hat sie es auch im privaten Bereich mit der Ehrlichkeit nicht ganz so genau genommen. Sie muss ihren Schweizer Ehemann nach Strich und Faden betrogen haben. Weshalb der sich schließlich scheiden ließ und Luzi zurück nach Österreich ging. Da plagten sie anfangs finanzielle Probleme. Sie konnte ihren Lebensstandard nur schwer aufrechterhalten. Es gibt sogar Gerüchte, dass sie ihren Körper verkauft hat, um an zusätzliches Geld zu gelangen.«

Staudinger stieß einen leisen Pfiff aus.

»Wenn sie ihren Schweizer Ehemann betrogen hat – was mich übrigens wieder darauf bringt, dass du unbedingt deine Freundin und Kollegin in Bern kontaktieren musst, Hans –, dann war sie vielleicht Rupert Umhäus auch nicht immer treu. Wäre doch ein schönes Motiv. So ein Mord aus Eifersucht und Rache.«

»Allerdings, das wäre es«, erwiderte Meierhofer, »vor allem, wenn das Kind vielleicht nicht seines war.«

»Das Kind, von dem er nichts gewusst haben will«, ergänzte Staudinger.

Dominik, der zwischenzeitlich in der Küche verschwunden war, um das schmutzige Geschirr wegzuräumen, klinkte sich wieder in das Gespräch ein: »Ich habe übrigens überlegt, woher mir das Wort Teufelssturz bekannt vorkommt, und mit meiner Schwester darüber gesprochen.«

Dominiks Schwester war Religionslehrerin in einem St. Pöltner Gymnasium. Eine Tatsache, die sich zwischen ihm und Stefano zum Running Gag entwickelt hatte. Während seine Schwester die vorbildliche Katholikin geworden war, die sich seine Eltern immer gewünscht hatten, hatte Dominik sich für das Leben mit einem Mann entschieden. Etwas, das die katholische Kirche ja nicht so gerne sah. Aber was sah die katholische Kirche schon gerne?

Staudinger und Meierhofer, die immer noch nicht den blassesten Schimmer hatten, was es mit dem Teufelssturz-Schriftzug auf dem Rücken der Leiche auf sich hatte, lauschten gespannt.

»Also, ich hatte irgendwo im Hinterkopf diese äußerst vage Erinnerung an meinen Religionsunterricht in der Gymnasialzeit«, begann Dominik, »und in dieser Erinnerung kam das Wort Teufelssturz vor. Deshalb habe ich meine Schwester angerufen, die meine Vermutung dann bestätigt hat. Der Teufelssturz, meist eher Höllensturz, aber auch Engelssturz genannt, hat etwas mit Luzifer, dem Teufel, zu tun. Es geht beim Teufelssturz im Endeffekt darum, dass ein hochmütiger Engel sich gegen Gott auflehnt und von diesem sowie den anderen Engeln deshalb mit der Vertreibung aus dem Himmel bestraft wird. Tja, und Luzifer ist dann eben in der Hölle gelandet.«

»Und Luzia, wenn es nach ihrem Mörder geht, wahrscheinlich auch«, murmelte Meierhofer.

»Luzia, Luzifer – klingt ziemlich ähnlich, nicht wahr?«, meinte Staudinger, der erleichtert war, dass sie nun wenigstens eines der vielen Puzzleteile an seinen richtigen Platz legen konnten.

Der Chefinspektor nickte.

»Stimmt, verdammt ähnlich. Außerdem passt es ja irgendwie zu dem, was Dominik uns über die Tote erzählt hat. Anscheinend war sie optisch zwar ein Engel, von ihrem Verhalten her aber eher ein kleines Teufelchen.«

»Meinst du, unser Mörder ist irgendein religiöser Fanatiker?« Staudinger stand auf und ging in Richtung Küche. »Wollt ihr beide einen Latte macchiato?«, fragte er unterdessen.

Ein zweistimmiges »Ja, bitte.« war die Antwort.

Während Staudinger sich um den Kaffee kümmerte, überlegte Meierhofer weiter: »Es muss ja nicht unbedingt ein religiöser Fanatiker sein. Vielleicht jemand, der einen gewissen Bezug zum Glauben hat. Oder, wie Dominik, einfach nur eine vage Erinnerung an seinen beziehungsweise ihren Religionsunterricht. Auf alle Fälle können wir jetzt davon ausgehen, dass unser Mörder Luzia Eddelinger so sehr gehasst hat, dass sie für ihn etwas Teufelsgleiches hatte. Anders macht das mit dem Teufelssturz-Schriftzug ja keinen Sinn.«

Staudinger kam mit den beiden Latte-macchiato-Gläsern zurück ins Wohnzimmer und platzierte sie auf dem Esstisch, was ihm ein abermals zweistimmiges »Danke schön!« einbrachte.

Nachdem der Chefinspektor einen großen Schluck des traumhaften Getränkes genommen hatte, sagte er: »Mir fallen im Moment eigentlich nur zwei Personen ein, die Luzia Eddelinger wohl wirklich gehasst haben: ihr Schweizer Exmann …«

»Und ihr flüchtiger Verlobter«, ergänzte Staudinger.

14

Die Heimfahrt gestaltete sich für Meierhofer dann schwierig. Dichter Nebel war über Krems eingefallen und obwohl es von der Donau-Uni bis zum Häuschen des Inspektors nicht allzu weit war, zog sich die Fahrt aufgrund der schlechten Sicht ziemlich in die Länge.

Auch die Nacht sollte für Hans Meierhofer keine gute werden. Er träumte wirres Zeug: Luzia Eddelinger, die in ihrem weißen Kleid Penne all' arrabiata für ihn kochte, bevor Rupert Umhäus ihr mit rotem Lippenstift ein großes B auf die Stirn malte. Lukas, der sich von seinen Eltern scheiden ließ, um dann für immer bei Oma und Opa einzuziehen. Der Teufel, der sauer war, weil seine Gattin ihn auf Diät gesetzt hatte, weshalb er sich wutentbrannt von der Ruine Aggstein stürzte. Und seine Schweizer Bekannte Zwiggli, die ihm Berner Würstel anbot, die sie mit Schwarzgeld bezahlt hatte.

Um drei Uhr Früh wachte der Chefinspektor schließlich fröstelnd auf, was daran lag, dass sein Pyjama komplett durchgeschwitzt war und die durch den Schweiß erzeugte Verdunstungskälte nun gnadenlos zuschlug.

Nachdem er sich einen frischen Schlafanzug angezogen hatte, Irenes leises Schnarchen ihn aber beharrlich davon abhielt, wieder einzuschlummern, ging Meierhofer in die Küche, um sich einen koffeinfreien Latte macchiato zu gönnen.

Dort blieb er nicht lange alleine.

»Krieg' ich auch einen Kaffee, Opa? Ich hab' einen echt doofen Albtraum gehabt«, riss die verschlafene Stimme seines Enkels den Chefinspektor aus seinen Gedanken, als dieser gerade genüsslich den ersten Schluck seines Nacht-Latte-macchiatos nahm.

Meierhofer musterte seinen Enkel. Eigentlich war Lukas ja seit einiger Zeit immer darauf bedacht, möglichst cool auszusehen, aber im Moment war er das, was Frauen wohl als herzig bezeichnet hätten. Seine Haare standen ihm strubbelig zu Berge, sein Blick war genauso verschlafen wie seine Stimme, und sein Spiderman-Pyjama, der wohl schon ein paar Jährchen auf dem Buckel hatte und dementsprechend zu klein war, machte das Bild perfekt. Fehlte nur noch Wuffi, Lukas' großer Stoffhund, den der Junge früher immer dabeigehabt hatte, wenn er bei Oma und Opa geschlafen hatte, und Lukas wäre wieder der kleine Bub gewesen, der seinen Großeltern so viel Freude bereitet hatte. Schrecklich, dass Kinder so schnell groß und erwachsen wurden. Und man selbst alt.

»Träum weiter, Sportsfreund. Einen heißen Kakao kann ich dir machen, wenn du willst.«

Lukas ließ sich auf die gemütliche Eckbank plumpsen, nickte und murmelte: »Okay, Opa. Kakao klingt auch gut.«

Während Meierhofer den Kakao für seinen Enkel zubereitete, sagte dieser: »Meinst du, sie lassen sich jetzt wirklich scheiden, Opa?«

Meierhofer versetzte diese Frage einen kurzen Stich ins Herz. Für solche Gespräche fühlte er sich trotz seiner Sensibilität nicht geeignet. Aber nachdem es Lukas anscheinend ein Bedürfnis war, darüber zu reden, beschloss Meierhofer, kurz auf das Thema einzugehen, um dann davon abzulenken, indem er anfangen würde, über den aktuellen Fall zu reden: »Ich glaube nicht, dass deine Eltern so blöd sind und sich wirklich scheiden lassen, Lukas. Weißt du, nicht umsonst heißt es in guten wie in schlechten Zeiten. Jedes Ehepaar macht irgendwann diese schlechten Zeiten durch, und fast jedes Ehepaar kommt sicher zumindest einmal an den Punkt, an dem das Thema Scheidung im Raum steht. Wenn auch vielleicht nur unausgesprochen. Aber schau deine Oma und mich an. Wir haben uns nach jedem Tief wieder zusammengekämpft und das darauffolgende Hoch umso mehr genossen. Ich würde deine Oma nie hergeben, nicht mal jetzt, wo sie mich auf diese Diät gesetzt hat, und deinem Vater geht es mit deiner Mutter sicher genauso. Die zwei kriegen sich schon wieder ein, Lukas. Lass ihnen einfach die Zeit, die sie dafür brauchen.«

Für kurz auf das Thema eingehen war das jetzt eigentlich eine ganze Menge gewesen. Vielleicht war er ja doch nicht so ungeeignet für diese Art von Gesprächen.

»Danke, Opa. … Und, gibt's was Neues in eurem Fall?«

Okay, jetzt hatte Lukas selbst vom Thema abgelenkt.

Meierhofer nickte, nahm einen Schluck seines mittlerweile kalten Latte macchiatos und sagte: »Allerdings. Einiges, aber leider läuft es nicht so, wie es sollte. Unser Hauptverdächtiger hat sich nämlich ins Ausland abgesetzt.«

»Oh, das klingt ja nicht so prickelnd, Opa. Ich habe übrigens noch über diese Rune nachgedacht. Weißt du, was mir noch eingefallen ist? Diese Berkana-Rune, wenn die für Fruchtbarkeit stehen soll und sie auf der Axt war, die eure Tote in den Händen gehalten hat, dann könnte das auch etwas mit Abtreibung zu tun haben.«

Der Chefinspektor zuckte zusammen. Er war schockiert. Sein zwölfjähriger Enkel, der in dem alten Spiderman-Schlafanzug aussah wie ein kleines Kind, sprach von Abtreibung? Andererseits war die Jugend von heute wohl aufgeklärter, als sie es damals gewesen waren.

»Abtreibung?«, fragte Meierhofer also erstaunt nach.

Lukas zuckte mit den Schultern und meinte dann: »Na ja, die Schneide der Axt, auf der die Rune war, ist ja wahrscheinlich auf ihrem Bauch gelegen, oder?«

Meierhofer überlegte einen Moment. Er sah die Indizien-Wand-Fotos nun genau vor sich. Ja, das stimmte. Die Schneide der Axt war etwa in Höhe der Gebärmutter gelegen.

»Damit könntest du recht haben, Lukas«, antwortete er also.

Lukas sprach weiter: »Nun ja, das könnte doch darauf hindeuten, dass eure Tote die Fruchtbarkeit mit der Schneide der Axt, also einer Waffe, kaputt gemacht hat. Und das klingt dann irgendwie nach Abtreibung, weißt du, was ich meine?«

Obwohl Lukas' Formulierung seiner Vermutung etwas seltsam geklungen hatte, wusste sein Opa doch, was er ihm sagen wollte. Und das war, streng genommen, gar nicht so abwegig.

Meierhofer trank den letzten Schluck seines Latte macchiatos und sagte dann: »Weißt du, Lukas, unsere Tote war schwanger, als sie gestorben ist. Wie das mit einer Abtreibung zusammenpassen soll, ist mir nicht ganz klar, aber es ist auf alle Fälle ein interessanter Gedanke.«

Lukas war nun Feuer und Flamme: »Ist doch ganz einfach, Opa. Sie war schwanger, wollte das Kind abtreiben lassen, aber ihr Freund oder Mann oder was auch immer wollte das nicht. Deshalb hat er sie umgebracht. Könnte glatt aus irgendeiner Daily Soap sein.«

»Daily Soap?«

»Seifenoper, Opa. So eine Serie im Fernsehen, die jeden Tag außer am Wochenende, zur selben Zeit läuft und die sich vor allem Mädels und Frauen anschauen – Oma übrigens auch –, weil es darin andauernd um Liebe geht«, erklärte Lukas unaufgefordert.

Meierhofer musste schmunzeln. Vom Krimi zur Seifenoper war es anscheinend kein allzu weiter Weg.

»Weißt du was, Lukas, ich werde auf alle Fälle Stefano von deiner Vermutung erzählen. Möglicherweise solltest du wirklich mal Kriminalbeamter werden. Aber jetzt geht's zurück ins Bett, okay?«

»Du, Opa, kann ich mich vielleicht zu dir und Oma legen?«

Und schon war der Zwölfjährige, der eben noch über Abtreibung gesprochen hatte, wieder der kleine Junge, der nach einem Albtraum nicht mehr alleine einschlafen wollte. So schnell wurden sie zum Glück dann doch nicht erwachsen. Man selbst alt aber leider schon.

15

Nachdem Meierhofer seine Bekannte bei der Berner Kriminalpolizei am nächsten Vormittag immer noch nicht erreicht hatte, Rupert Umhäus weiterhin abgängig war und die Ergebnisse des Vaterschaftstests ebenfalls auf sich warten ließen, beschlossen Meierhofer und Staudinger, Luzia Eddelingers Eltern einen Besuch abzustatten. Diese hatten natürlich bereits von uniformierten Kollegen vom Ableben ihrer Tochter erfahren, vernommen worden waren sie aber noch nicht.

Also setzten sich die beiden Kriminalbeamten relativ motiviert in Staudingers schicken Sportwagen und genossen die traumhafte Autofahrt durch die Wachau. Eddelingers Eltern lebten seit einigen Jahren im Weltkulturerbe, genauer gesagt, in Weißenkirchen, wo sie sich ein kleines Häuschen gekauft hatten. Eigentlich stammten sie aber aus St. Pölten, weshalb ihre Tochter auch im St. Pöltner Spital zur Welt gekommen und in der später zur Landeshauptstadt aufgewerteten Stadt aufgewachsen war.

Während Staudinger die B3 entlang kurvte, sog der Chefinspektor die wunderschönen Landschaftsbilder in sich ein. Die Wachau war ja immer beeindruckend, aber an einem sonnigen, warmen Herbsttag wie dem heutigen,strahlte sie in den leuchtendsten Farben. Der kanadische Indian Summer war ein Lercherlschas dagegen.

»Hans, wir sind da«, unterbrach Staudingers Stimme Meierhofers Herbst-Träumereien.

Der fühlte sich ertappt: »Ja, mhm, klar, natürlich.«

Nur ein paar Momente später läutete er an der Tür des kleinen, idyllischen Häuschens, in dem Luzia Eddelingers Eltern lebten.

Ein unfreundliches »Ja, bitte?« aus dem Mund einer adretten Dame um die fünfzig war die Reaktion darauf.

»Frau Eddelinger?«, fragte Meierhofer so freundlich es ihm ob der nicht gerade einladenden Begrüßung gelang.

Die Frau warf ihm einen pikierten Blick zu.

»Gilgen. Frau Gilgen. Eddelinger war der Name meiner Tochter. Kommen Sie etwa wegen ihr?«

Staudinger, der wieder einmal als Erster seinen Dienstausweis gezückt hatte, antwortete: »Allerdings, das tun wir. Gruppeninspektor Staudinger, Kriminalpolizei. Das hier ist Chefinspektor Meierhofer.«

Meierhofer kämpfte mit seinem Dienstausweis, der partout nicht aus seiner Hose heraus wollte. Möglicherweise, weil diese ziemlich eng saß. Schließlich schaffte er es aber doch, das Ding zu befreien.

»Würden Sie uns bitte reinlassen?«, sagte er, nun nicht mehr besonders freundlich, während er der Dame seinen Ausweis zeigte.

Die zauberte einen weiteren pikierten Blick hervor und erwiderte: »Wird mir wohl nichts anderes übrig bleiben. Bitte schön.«

In diesem Moment erschien ein elegant gekleideter Sechzigplus-Mann im Hausflur. Es handelte sich augenscheinlich um Herrn Gilgen, den Vater der Toten, die diesem zu Lebzeiten wohl sehr ähnlich gesehen hatte.

»Guten Tag, die Herren. Was verschafft uns die Ehre?«

»Die zwei sind von der Kriminalpolizei«, zischte Frau Gilgen.

Sofort war der nette Ton aus der Stimme des Hausherrn verschwunden.

»Was wollen Sie von uns?«, zeigte er sich wenig begeistert über den Besuch der beiden Polizisten.

Meierhofer, der das Verhalten des Ehepaares auf dessen schweren Verlust zurückführte, versuchte, trotz des Gegenwindes freundlich zu bleiben.

Immer noch im Vorhaus stehend – anscheinend hatten Herr und

Frau Gilgen nicht vor, ihnen einen Sitzplatz anzubieten – meinte er: »Zu allererst wollen wir Ihnen natürlich unser Beileid ausdrücken. Luzia war Ihr einziges Kind, nicht wahr?«

Staudinger, der ungeduldig wurde, warf ein: »Und zweitens würden wir gerne wissen, ob Sie vielleicht Namen, Adressen oder Telefonnummern der Schweizer Bekannten Ihrer Tochter haben.«

Herr Gilgen übernahm das Antworten. »Wir hatten schon lange kein Kind mehr«, raunte er leise.

Staudinger und Meierhofer blickten einander erstaunt an. Sie verstanden nicht so recht.

Frau Gilgen klärte sie auf: »Was mein Mann damit sagen will, ist, dass unsere Tochter schon vor einigen Jahren für uns gestorben ist. Damals, als sie gegen unseren Willen in die Schweiz gegangen ist, um diesen Eddelinger zu heiraten.«

»Als wir dann auch noch gehört haben, welche krummen Dinger sie im Ausland gedreht hat, wollten wir endgültig nichts mehr von ihr wissen. Diese Luzia Eddelinger, das war nicht länger unsere Tochter. Unser süßer, unschuldiger Engel war für uns gestorben. Der Teufel hat sie in seinen Bann gezogen. Dabei war sie ein einzigartiges Kind. Wir haben sie ja nicht umsonst Luzia, also die Leuchtende, genannt, aber all die Werte, die wir ihr während ihrer Kindheit und Jugend vermittelt hatten, all das hatte sie vergessen. Sie konnte nicht mehr länger Teil unserer Familie sein.«

Der Chefinspektor war schockiert. Auch seinem jungen Kollegen schien es nicht anders zu gehen. Der fragte nun nach: »Heißt das, Sie haben jeden Kontakt zu Luzia abgebrochen? Damals, als sie in die Schweiz gegangen ist? Gab es gar nichts mehr, was Sie miteinander verband? Schickten Sie ihr nicht mal mehr eine Weihnachtskarte? Oder Geburtstagswünsche?«

Der smarte Sechzig-plus-Mann reagierte ungehalten: »Nein, natürlich nicht. Sie war für uns gestorben, kapiert?!« Dann ergänzte er flüsternd: »Intelligenz ist wohl nicht mehr eine zwingende Voraussetzung für eine Karriere bei der Polizei.«

An dieser Stelle musste Meierhofer sich einfach einschalten.

»Überlegen Sie, was Sie von sich geben, Herr Gilgen! Schon mal was von Beamtenbeleidigung gehört?«

Gilgen zuckte mit den Schultern.

»Das heißt, Sie haben wohl auch keine Daten der Schweizer Kontaktpersonen Ihrer Tochter?«, fragte der Gruppeninspektor, der als homosexueller Halbitaliener Beleidigungen gewohnt und deshalb auch hart im Nehmen war, pro forma nach.

Dieses Mal kam die Dame des Hauses ihrem Gatten zuvor: »Nein, keine einzige. Aber, falls Ihnen das weiterhilft, Luzia hatte wohl nicht allzu viele Kontaktpersonen in der Schweiz.«

»Wie meinen Sie das?«, wollte Meierhofer wissen.

»Nun ja, unser Schwiegersohn, dieser rücksichtslose Banker, hat Luzia wie eine Leibeigene behandelt. Sie war ihm hörig. Hat alles mit sich machen lassen. Er hat sie an der kurzen Leine gehalten, ihr jeden privaten Kontakt zu anderen verboten.«

Staudinger legte seine attraktive Stirn in Falten.

»Ich dachte, Sie hatten keinerlei Verbindung mehr zu Ihrer Tochter. Woher wissen Sie das denn?«

Frau Gilgen errötete. Ihr Ehemann blickte zu Boden.

»Sie hat uns einen Brief geschickt. Ein paar Wochen nach ihrer Heirat in der Schweiz. Sie hat uns um Hilfe gebeten«, flüsterte die Mutter der Verstorbenen schließlich.

Meierhofer, der ja selbst eine Tochter hatte, war ehrlich entsetzt.

»Ihre Tochter, Ihr einziges Kind, hat Sie um Hilfe gebeten, und Sie haben sie im Stich gelassen?!«

»Sie hatte sich das alles selbst zuzuschreiben. Es war ihre Entscheidung, diesen Mann zu heiraten. Dass sie damit alle Bande zu uns durchschnitten hat, hätte sie eigentlich wissen müssen«, erwiderte Herr Gilgen emotionslos.

Der Chefinspektor hatte das Gefühl, dass ihm die Luft wegblieb. Er musste hier raus. Stefano Staudinger schien es ähnlich zu gehen.

»Gut, dann war's das fürs Erste. Möglicherweise kommen wir

noch einmal auf Sie zurück. Verlassen Sie also bitte in der nächsten Zeit nicht das Land«, murmelte er, bevor er sich in Richtung Haustür wandte. Allerdings fiel ihm kurz vorm Erreichen der Tür noch etwas ein: »Wussten Sie eigentlich, dass Ihre Tochter zum Zeitpunkt ihres Todes schwanger war? Ihr Enkel ist also mit ihr gestorben.«

Die Gilgens sahen einander kurz an. Meierhofer konnte nicht sagen, ob diese Information sie in irgendeiner Form berührte oder nicht.

»Guten Tag«, presste er hervor, weil er auf keinen Fall *Auf Wiedersehen!* sagen wollte.

Diese Menschen wollte er nicht mehr wiedersehen. Eltern, die ihr Kind im Stich ließen, waren für den Chefinspektor das Letzte. Ganz egal, wie alt es war und was es anstellte, das eigene Kind war und blieb immer genau das: das eigene Kind eben. Der Nachkomme, den man selbst gezeugt oder auch adoptiert hatte. Ein Wesen, für das man sich entschieden hatte, wenn nicht bereits vor der Zeugung, dann zumindest irgendwann danach. Ein Wesen, für das man sorgen musste, weil es, verdammt noch mal, die Pflicht der Eltern war, sich um ihr Kind zu kümmern.

»Weißt du was, Hans? Jetzt kann ich mir gut vorstellen, warum aus dem Engel Luzia ein Teufel geworden ist. Bei diesen Eltern«, meinte Staudinger frustriert, als er sich hinters Lenkrad setzte.

»Allerdings wissen wir ja gar nicht, ob sie wirklich teuflisch war. Wenn ihr Ehemann sie tatsächlich wie eine Sklavin behandelt hat, hatte sie wohl kaum die Möglichkeit, ihn nach Strich und Faden zu hintergehen. Wer weiß, ob dann überhaupt die Schwarzgeld-Story stimmt«, konterte Meierhofer.

Der Gruppeninspektor nickte langsam.

»Anscheinend ist der Schweizer Exehemann ebenfalls ein Banker. Vielleicht war ja er die treibende Kraft hinter dieser Schwarzgeld-Affäre.«

»Möglich«, stimmte der Chefinspektor zu.

16

Zwischen Meierhofer und Staudinger hatte sich eine unangenehme Stille ausgebreitet. Die vorüberziehende traumhafte Herbstlandschaft war plötzlich sekundär. Das eben Erlebte hatte bei den beiden Kriminalbeamten Spuren hinterlassen.

Bis zum Gespräch mit den Eltern der Toten waren sie noch der Meinung gewesen, dass Luzia Eddelinger ein Mensch gewesen war, der sein jähes, brutales Ende möglicherweise zumindest ein wenig sich selbst zuzuschreiben gehabt hatte. Ein Mensch, der mit seinen Mitmenschen gespielt und das mit dem Leben bezahlt hatte. Aber jetzt war sich keiner der beiden mehr sicher, dass das auch den Tatsachen entsprach.

Der Chefinspektor fand als Erster Worte: »Weißt du, was ich gerade denke, Stefano?«

»Nein, aber du wirst es mir sicher gleich verraten.« Staudinger trat wie immer ein wenig zu fest aufs Gaspedal, etwas, woran Meierhofer sich bereits gewöhnt hatte.

Der räusperte sich nur und sagte: »Eigentlich könnten Luzia Eddelingers Eltern auch hinter ihrem Tod stecken. Die beiden haben irgendwie etwas Fanatisches an sich. Sportlich sehen sie auch aus, leicht möglich, dass die Kletterer sind. Und dieser Herr Gilgen, der hat das Wort Teufel erwähnt, als er von seiner Tochter gesprochen hat.«

»Was dich an den Teufelssturz-Schriftzug erinnert«, ergänzte Staudinger.

»Genau. Die zwei sind mir auf alle Fälle suspekt. Ich habe in all meinen Dienstjahren …«

»Und das sind in deinem Fall bereits eine ganze Menge.«

Meierhofer überging Stefanos letzte Bemerkung.

»… noch nie ein Elternpaar erlebt, dem der Tod des eigenen Kindes so egal war. Normalerweise spielen sich bei Gesprächen dieser Art die ärgsten Dramen ab. Eltern, die ihr Kind verloren haben, sind immer gebrochen, wie zum Beispiel auch die alten Wigeners im Vorjahr. So, wie Herr und Frau Gilgen gerade drauf waren, so verhalten sich Eltern nicht, wenn ihr Kind gestorben ist.«

»Außer sie haben etwas mit dem Tod ihres Kindes zu tun«, vervollständigte der Gruppeninspektor den letzten Satz seines Chefs.

»Genau. Allerdings habe ich das eigentlich in meiner Dienstzeit …«

»Die in deinem Fall schon eine ziemlich lange ist.«

Wieder überging Meierhofer den Kommentar seines jungen Kollegen. Eigentlich war er aber ganz froh, dass die Stimmung nun wieder lockerer war.

»… noch nie erlebt. Ich meine, dass Eltern ihr Kind umgebracht haben. In dieser Form, so als echter Mord eben. Kindesmisshandlungen, die zum Tod führen, damit habe ich allerdings schon zu tun gehabt. Leider. Ich sag' dir, in diesen Fällen wäre ich am liebsten selbst immer zum Mörder geworden. Schon arg, was teilweise auf Kinder losgelassen wird. Jeder Depp kann Kinder kriegen. Das ist eigentlich schlimm.«

Staudinger schüttelte traurig den Kopf.

»Nicht jeder Depp, Hans. Ein Homosexueller wie ich, der hat kein Anrecht auf ein Kind. Nicht mal per Adoption. Dabei wären Dominik und ich zigmal bessere Eltern als viele Heterosexuelle, die ein Kind nach dem anderen bekommen, sich aber um keines davon richtig kümmern.«

Meierhofer war peinlich berührt. Er hatte sich noch nie Gedanken darüber gemacht, ob Stefano trotz seiner Homosexualität gerne Vater geworden wäre. Das war laut der geltenden Rechtslage in Österreich ja auch kein Thema. Schade eigentlich. Eltern wie Dominik und Stefano hätte sich jedes Kind nur wünschen können.

Staudinger spürte, dass Meierhofer unangenehm berührt war, weshalb er vom Thema ablenkte: »Wir haben nun also mehrere Verdächtige. Menschen, die möglicherweise ein Motiv gehabt hätten, Luzia Eddelinger zu ermorden: Rupert Umhäus, ihren Verlobten, Herrn und Frau Gilgen, die Eltern …«

»Und möglicherweise auch diesen Schweizer Eddelinger, also den Exmann der Toten. Wenn der wirklich so ein Ungustl war, hat er vielleicht Gründe gehabt, um seine Ex nachhaltig loszuwerden«, ergänzte der Chefinspektor, der erleichtert war, dass sie nun nicht mehr über Kinder sprachen.

Staudinger nickte vehement.

»Genau. Vielleicht hat sie ihn ja erpresst. Mit einer Sache aus ihrer gemeinsamen Vergangenheit.«

»Möglicherweise der ominösen Schwarzgeld-Affäre«, warf Meierhofer ein.

»Oder auch mit etwas Privatem. Es könnte aber auch sein, dass sie einfach nur das ihr nach der Scheidung zustehende Geld wollte. Geldgier ist schließlich eines der häufigsten Motive für Mord.«

Meierhofer seufzte leise.

»Irgendwie kommen wir in diesem Fall überhaupt nicht vom Fleck. Weißt du was, lass uns direkt zu Dieter Doppler fahren, vielleicht kann er uns mittlerweile schon sagen, ob Rupert Umhäus der Vater des ungeborenen Kindes gewesen ist.«

Und schon wieder waren sie beim Thema Kinder. Weshalb der Chefinspektor rasch hinzufügte: »Und danach versuche ich noch einmal, Roberta Zwiggli zu erreichen. Es wird höchste Zeit, dass sich irgendjemand um diesen Eddelinger kümmert.«

»Auf zu Dieter Doppler. Ihr Wunsch ist mir Befehl, Chef«, meinte Staudinger grinsend, während er das Gaspedal durchdrückte.

Meierhofer sparte sich einen Blick auf die Tachonadel. Sein Magen sagte ihm, dass sie weit über den in diesem Abschnitt der B3 erlaubten 100 km/h unterwegs waren. Aber da es sich ja mehr oder weniger um einen Notfall handelte, wollte er mal Gnade vor Recht ergehen lassen.

*

»Ah, Batman und Robin. Das ist mir aber eine Ehre, dass ihr mich beide gemeinsam aufsucht«, begrüßte Dieter Doppler die beiden Kriminalbeamten freundlich.

Der ewig junge, hagere Doppler, der ein alter Freund des nicht ganz so ewig jungen und nicht ganz so hageren Meierhofers war, umarmte den Chefinspektor, um kurz darauf dem Gruppeninspektor herzlich die Hand zu schütteln.

»Sie müssen Stefano Staudinger sein. Freut mich, Sie endlich persönlich kennen zu lernen. Hans schwärmt ja richtig von Ihnen. Das hat er bis jetzt noch nie von einem seiner Partner getan. Und glauben Sie mir, ich kenne Hans schon laaaaange.«

Staudinger lachte auf und sagte dann: »Ich freue mich auch, Sie kennen zu lernen, Herr Doppler. Hans meint ja immer, dass Sie der schnellste Laborheini des Landes sind.«

Nun mischte Meierhofer sich ein: »Könnt ihr beide euch nicht duzen? Dieses förmliche Sie irritiert mich ein wenig.«

Staudinger, der daran zurückdenken musste, dass Hans ihn während ihres ersten gemeinsamen Falles nur gesiezt hatte, schmunzelte.

»Aber sicher. Also, ich bin der Stefano. Du kannst aber auch gerne Katzlmacher zu mir sagen. Hans macht das manchmal.«

Doppler grinste nun ebenfalls.

»Ich sehe, wir haben denselben Humor. Dieter, auch Laborheini, Laborfuzzi oder Freak genannt. Wegen meiner tollen langen Mähne und meines jugendlichen Aussehens.«

Nachdem sie nun also alle per Du waren, konnten sie zum Dienstlichen übergehen.

»Ihr kommt sicher wegen dieses Vaterschaftstests«, meinte

Doppler voller Elan.

Die beiden Inspektoren nickten in freudiger Erwartung.

»Und, weißt du schon was?«, fragte der Ältere der beiden nach.

»Allerdings, das tue ich«, antwortete Doppler gewohnt spitzbübisch. Er liebte nichts mehr, als Meierhofer auf die Folter zu spannen, wenn dieser etwas von ihm wollte.

Nun hatte Doppler aber nicht mit Staudingers Ungeduld gerechnet: »Mach's nicht so spannend, Dieter! War Rupert Umhäus der Vater des Kindes?«

Doppler schüttelte den Kopf. So schnell und einfach gab's bei ihm gar nichts. Meierhofer kannte dieses Spiel nur allzu gut.

»Er will schon wieder ein paar Flaschen Wein herausschinden, der Schlawiner«, sagte er deshalb schmunzelnd.

»Keiner kennt mich so gut wie du, alter Freund«, konterte Doppler.

Staudinger hielt es nicht länger aus.

»Du kriegst echten italienischen Rotwein – vom süditalienischen Weingut meiner Großeltern – okay? Aber sag' uns jetzt endlich, wie das Ergebnis lautet!«

Auf Dieter Dopplers Gesicht erschien nun ein breites Grinsen. »Echten Rotwein aus Süditalien? Aber keinen Lambrusco, oder?«

Staudinger lachte auf. »Madonna! Nein, ganz sicher keinen Lambrusco.«

Dieter Doppler schien zufrieden. Er streckte Staudinger die rechte Hand hin, die dieser ergriff.

»Abgemacht!«, sagten beide gleichzeitig.

»Gut, dann lasse ich die Katze mal aus dem Sack. Euer Rupert Umhäus ist mit beinahe hundertprozentiger Sicherheit ...«

Ein Dopplerisches Kunstpäuschen, das einfach sein musste. Unerträgliche Spannung auf Seiten der beiden Inspektoren inklusive.

»... nicht der Vater des Kindes.«

17

»Ich sag' dir, Rupert Umhäus hat gewusst, dass seine Verlobte von einem anderen schwanger war, und sie deshalb um die Ecke gebracht. Es muss einfach so sein, Hans. Sie hat ihn betrogen, ist zu allem Übel schwanger geworden – das war dann ihr Todesurteil. Wer weiß, vielleicht wollte sie ihm das Kind ja als sein eigenes unterjubeln, er ist aber unfruchtbar oder hat sich sterilisieren lassen oder so, dann hat er eins und eins zusammengezählt ...«

Meierhofer musste daran denken, dass das alles wieder ziemlich stark nach einer Seifenoper klang. Trotzdem meinte er: »Schon möglich, Stefano. Es würde auf alle Fälle erklären, warum er nach unserem Besuch bei ihm zuhause Hals über Kopf geflüchtet ist. Allerdings wundert es mich dann, dass er uns freiwillig eine DNA-Probe gegeben hat.«

Staudinger, der gerade dabei war, sich ein Halbliterglas mit eiskaltem Kremser Leitungswasser, seinem Schönheitselexier, wie Meierhofer zu scherzen pflegte, anzufüllen, zuckte mit den Schultern.

»Vielleicht war ihm bewusst, dass wir ohnehin an eine DNA-Probe gekommen wären, wenn wir es darauf anlegt hätten. Hätte halt ein bisschen länger gedauert. So hatten wir aber das Gefühl, dass er kooperiert und nichts zu verbergen hat. Das hat ihm dann natürlich die unbemerkte Flucht erleichtert. Haben wir dank Europol und Interpol eigentlich schon eine Spur von ihm?«

Der Chefinspektor schüttelte frustriert den Kopf.

»Wie es aussieht, ist er unter falschem Namen unterwegs. Es ist nämlich kein Rupert Umhäus von Wien-Schwechat abgeflogen, in den letzten Tagen. Er muss wohl einen gefälschten Pass haben.«

Staudinger stieß einen leisen Pfiff aus.

»Einen gefälschten Pass? Dann hat er die Sache wohl schon länger geplant. Ein alter Bekannter von uns ist er aber nicht, oder?«

»Nein, keinerlei Vorstrafen. Irgendwie ist das alles ganz schön seltsam.«

Meierhofer zuckte kurz zusammen, als sein Computer plötzlich ein eigenwilliges Klingeln von sich gab. Fast so wie das Läuten eines Telefons.

»Hans! Das ist dein PC! Jemand skypt dich an.«

»Jemand, was bitte?!« Der Chefinspektor verstand nur Bahnhof. Sein junger Kollege eilte auf den immer noch Signale von sich gebenden Computer zu und griff zur Maus.

»Zwiggli, Bern. Anscheinend skypt dich deine Bekannte aus Bern an. Komm her, Hans!«

Meierhofer brauchte einen Moment, bis er kapierte, was Stefano von ihm wollte. Skype, das war doch diese seltsame Art, über den Computer mit jemandem zu telefonieren. Stefano hatte ihm vor ein paar Monaten weisgemacht, dass er das unbedingt installieren müsse, da sich so viele dienstliche Gespräche einfacher und kostengünstiger erledigen ließen. Gebraucht hatte er dieses Zeug bis jetzt aber noch nie.

Der Chefinspektor schmunzelte, als er sich auf seinem Bürosessel niederließ. Dank der kleinen Kamera, die am Bildschirm seines Monitors montiert war, hatte sein Gegenüber dann das zweifelhafte Vergnügen, ihn in seiner vollen Pracht auch optisch wahrzunehmen.

Ein Klick Staudingers, und schon erschien Roberta Zwiggli auf Meierhofers Bildschirm. Und auch sich selbst konnte der Kriminalbeamte auf dem Monitor sehen. Zwiggli war zweifelsohne der attraktivere Anblick. Sie war etwa in Meierhofers Alter, hatte kurze rote Haare, aus denen die eine oder andere weiße Strähne hervorschimmerte, lebhaft funkelnde grüne Augen und immer noch dieses verschmitzte Lächeln, das sie schon während ihrer gemeinsamen Schulzeit gehabt hatte.

Zwiggli, die keine gebürtige Schweizerin war, hatte eigentlich Roberta Hartmann geheißen, war in Krems aufgewachsen und aus einem Schweizurlaub nicht mehr zurückgekehrt. Grund dafür war ihr jetziger Ehemann, Wilhelm Zwiggli, ein Kriminalbeamter, mittlerweile im wohlverdienten Ruhestand, gewesen. Roberta Hartmann hatte also in die Schweiz eingeheiratet, irgendwann ihren eigentlichen Job als Kindergärtnerin an den Nagel gehängt, um im zweiten Bildungsweg Polizistin zu werden. Sie hatte sich so geschickt angestellt, dass sie es innerhalb kürzester Zeit bis ganz nach oben geschafft hatte.

»Berta, was verschafft mir die Ehre?«, begrüßte Meierhofer seine alte Bekannte herzlich.

Die lachte auf.

»Du bist gut, Hans! Seit Tagen stalkst du mich, und dann wunderst du dich tatsächlich darüber, dass ich mich bei dir melde. Was gibt's denn so Dringendes? Ich war übrigens im Urlaub. Habe mit Willi unseren dreißigsten Hochzeitstag gefeiert.«

»Dreißigjähriger Krieg?! Gratulation, meine Liebe. Du siehst übrigens blendend aus. Kein Wunder, dass dein Willi es schon so lange mit dir aushält.«

Ein weiteres Lachen der Kriminalbeamtin war die Folge.

»Danke, gleichfalls, Hans. Wie geht's denn Irene? Ihr seid doch auch noch miteinander glücklich, oder?«

»Beinahe wie am ersten Tag«, antwortete Meierhofer wahrheitsgetreu.

Dann räusperte er sich.

»Aber jetzt zum Beruflichen, Berta. Ich oder, besser gesagt, wir brauchen deine Hilfe. Kennst du eigentlich meinen Kollegen Stefano Staudinger? Sag Hallo, Stefano!«

Staudinger winkte folgsam in die kleine Webcam.

»Unglaublich, Sie sehen ja aus wie Christiano Ronaldo, aber das haben Sie bestimmt schon mal gehört«, flötete Roberta Zwiggli erstaunt.

Allerdings, das hatte er.

»Wie kann ich euch denn helfen, Hans?«, fragte die Kriminalbeamtin schließlich neugierig.

Meierhofer trank einen Schluck koffeinfreien Kaffee und begann dann, den Fall Eddelinger in allen Details zu schildern. Immer wieder kam ihm Staudinger dabei zu Hilfe. Als sie etwa fünf Minuten später geendet hatten, sagte Roberta Zwiggli: »Und jetzt wollt ihr mit meiner Hilfe den eigentlichen Amtsweg ein wenig verkürzen, um an diesen Eddelinger heranzukommen, habe ich recht, Hans?«

Der Chefinspektor nickte verschmitzt lächelnd.

»Du könntest erstens für uns nachschauen, was ihr so über ihn in euren Akten habt, und zweitens, na ja, vielleicht ergibt sich ja ein Gespräch mit ihm. Außerdem wäre es ja auch möglich, dass du zufälligerweise herausfindest, wo genau in eurer schönen Stadt Luzia Eddelinger sich kurz vor ihrem Tod aufgehalten hat. Vorausgesetzt natürlich, sie ist nach ihrer Landung auch in Bern geblieben.«

Meierhofer wartete gespannt auf Zwigglis Reaktion. Immerhin war ihm bewusst, dass das, was er von ihr wollte, nicht zu hundert Prozent lupenrein war. Eigentlich hätten sie offiziellere Wege beschreiten müssen, um die Hilfe der Schweizer Kriminalpolizei in Anspruch nehmen zu können.

Roberta Zwiggli zögerte einen Moment und meinte dann: »Von mir aus, Hans. Aber versprich mir, dass du unverzüglich auch offiziell alles in die Wege leitest, um diese Sache zu legitimieren. Außerdem will ich dafür ein paar Gläser der Marillenmarmelade deiner Gattin. Aus echten Wachauer Marillen, okay?«

»Klar, Marillenmarmelade, kein Problem. Und um den Dienstweg kümmert sich Stefano gleich, versprochen. Danke, Berta, und lass deinen Willi schön von mir grüßen!«

»Mach ich. Und du bitte Irene! Salü, Hans!«

»Mach's gut, Berta. Bis bald.«

Und schon war Roberta Zwigglis Gesicht wieder vom Monitor verschwunden.

»Schon toll, dieses Skypen«, murmelte Meierhofer, während er seinen kalten koffeinfreien Kaffee, wenn man das Gebräu überhaupt so nennen konnte, austrank.

»Wieso kümmere eigentlich ich mich um den Dienstweg?«, grummelte Staudinger, der die lästige Bürokratie genauso wenig ausstehen konnte wie Meierhofer.

»Weil ich dafür die Marillenmarmelade besorge«, antwortete der Chefinspektor.

Staudinger leerte sein Wasserglas.

»Italienischer Rotwein und Marillenmarmelade, dieser Fall kommt uns ja richtig teuer«, meinte er grinsend.

»So, wie ich Roberta kenne, zahlt sich das ganz sicher aus, Stefano. Die war schon in der Schule eine echte Streberin. Ich hab' damals immer die Hausübungen von ihr abgeschrieben.«

Der Gruppeninspektor reagierte mit einem gespielt entsetzten Kopfschütteln.

»Hausübungen abgeschrieben?! Unglaublich, und so was wird Chefinspektor bei der Kriminalpolizei.«

18

Gerade als Staudinger und Meierhofer überlegten, ob sie nicht für den heutigen Tag die Arbeit Arbeit sein lassen sollten, betrat Gregor, der Mann, der das schönste Ganzkörperkondom-Model der Welt gewesen wäre, das Büro der beiden.

»Guten Abend, die Herren Inspektoren. Ich dachte mir, ich schau' mal vorbei, um euch persönlich zu berichten, was mein Team und ich so herausgefunden haben. Im Fall der verwesten weiblichen Leiche natürlich.«

»Natürlich«, lautete Staudingers knapper Kommentar. Er war ein wenig sauer, weil er sich schon zuhause auf der Couch gesehen hatte. Eine große Salamipizza und ein Glas Rotwein in den Händen. Aber das konnte er sich wohl fürs Erste abschminken.

Meierhofer, auf den weder Salamipizza noch Couch, sondern Gemüse und Nordic Walking warteten, fand Gregors Besuch keineswegs störend.

»Hallo, Gregor. Kann ich dir einen Kaffee anbieten?«

Gregor nickte.

»Gerne, aber nur, wenn ich deine schicke Hans-Tasse kriege«, erwiderte er grinsend, »und vergiss die Milch nicht!«

Nachdem der Spurensicherer den ersten Schluck aus der übervollen Hans-Tasse genommen hatte, begann er zu berichten: »Also, wo fange ich an? Die Schrift auf der Axt und dem Zettel, der auf dem Rücken der Toten geklebt hat, stammt tatsächlich von einem handelsüblichen roten Edding. Du hattest in diesem Punkt also recht mit deiner Vermutung, Hans. Die Axt selbst wurde zwar den Äxten, die es im Souvenir-Shop auf der Ruine Aggstein gibt, nachempfunden, aber nicht dort gekauft. Euer Täter hat wohl an alles gedacht und sie selbst gebastelt.«

Das war allerdings interessant.

»Das Kleid, das die Tote getragen hat, ist laut meiner Frau ein Umstandskleid aus der Kollektion irgendeines tollen Umstandsmoden-Designers. Sie kennt sich gerade mit so was aus, die Andrea, weil sie schwanger ist.«

Ein stolzes Lächeln huschte über Gregors Gesicht.

»Gratuliere, Gregor!«, entfuhr es den beiden Inspektoren zeitgleich.

»Danke, Leute.«

»Woher weiß deine Frau, wie das Kleid der Toten ausgesehen hat?«, fragte Meierhofer neugierig nach.

Gregor, der Spurensicherer, errötete ein wenig.

»Ich nehm' mir gerne die Fotos vom Tatort mit nachhause, um noch mal über alles nachzudenken, und lasse sie dann manchmal auf meinem Nachtkästchen liegen. Na ja, die Andrea hat die Fotos halt in die Hände bekommen. Da ist ihr das dann sofort aufgefallen. Irgendetwas an dem weißen Fetzen ist ganz typisch für diese Marke. Eine sauteure Marke, die sich ein kleiner Spurensicherer wie ich nicht leisten kann. … So, wo war ich stehengeblieben, ah ja, Fingerabdrücke haben wir überhaupt keine gefunden. Wie schon erwähnt, dürfte euer Täter mit großer Sorgfalt vorgegangen sein. Was ihn oder sie allerdings entlarven könnte, wäre eine Schriftprobe. Der Teufelssturz-Schriftzug ist nämlich ganz sicher handschriftlich angebracht worden. Ohne Schablone oder so. Also, wenn ihr einen Verdächtigen habt, dann lasst ihn das Wort Teufelssturz schreiben. Am besten mit rotem Edding. Ich kenn' da einen ziemlich guten Grafologen.«

Meierhofer nickte langsam.

»Tolle Idee, Gregor. Leider ist unser Hauptverdächtiger gerade flüchtig. Aber die Eltern der Toten, die könnten uns so eine Schriftprobe schon geben. Ganz unverdächtig sind die zwei nämlich auch nicht.«

Staudinger legte wieder einmal seine hübsche Stirn in Falten.

»Ich weiß nicht, Hans, ob wir dazu genug gegen sie in den Händen haben. Die Tatsache, dass sie uns verdächtig vorkommen, rechtfertigt ja noch keine Schriftprobe.«

»Dann müssen wir eben dafür sorgen, dass wir mehr gegen sie in die Hände bekommen«, konterte der Chefinspektor.

Gregor leerte die Hans-Tasse. »Danke für den Kaffee, Hans. Aus deinem kitschigen Häferl schmeckt er gleich doppelt so gut. Ich geb' euch Bescheid, falls wir noch irgendetwas übersehen haben sollten. Auf Wiedersehen, die Herren, und schönen Abend noch.«

»Danke, dir auch einen schönen Abend, Gregor, und liebe Grüße an deine Frau! Unglaublich, dass man als Ganzkörperkondom-Träger überhaupt Vater werden kann«, neckte Meierhofer den Spurensicherer zum Abschied.

»Na, zum Glück muss ich das Ding nicht auch zuhause tragen. Wäre ganz schön abtörnend«, antwortete dieser keck, bevor er die Tür hinter sich zufallen ließ.

Darauf hatte Staudinger nur gewartet. Er schnappte, bevor der Chefinspektor es sich noch anders überlegen konnte, seine Herbstjacke, schlüpfte hinein und flötete: »Ciao, Hans! Bis morgen früh.«

Dann war auch er verschwunden, und nur noch Hans Meierhofer hielt in der Außenstelle des Landeskriminalamtes Niederösterreich die Stellung.

Deshalb war er auch der Einzige, der kurz darauf hörte, wie das Telefon zu schrillen begann. Ein abendliches Schrillen, das den Chefinspektor bereits vermuten ließ, dass wieder etwas passiert war.

*

Meierhofer sah schon von Weitem den Einsatzwagen, der sich in eine kleine Parklücke an der Ringstraße gequetscht hatte. Auch die obligaten neugierigen Nachbarn, die ihre Köpfe aus den Fenstern ihrer Wohnungen steckten. Wenn die Polizei mit Blaulicht vorfuhr, rechtfertigte das in den Augen der Leute die nachbarliche Neugier.

Der Chefinspektor war alleine unterwegs. Er hatte beschlossen, dass das, was passiert war, kein Grund war, Stefano aus seinem verdienten entspannenden Feierabendprogramm zu reißen. Meierhofer parkte seinen Espace frech auf der Fahrbahn direkt neben dem Einsatzwagen der uniformierten Kollegen und aktivierte die Warnblinkanlage.

»Guten Abend, Herr Chefinspektor Meierhofer. Tut mir leid, dass wir Sie um diese Zeit noch gestört haben, aber die Dame verlangte ausdrücklich nach Ihnen. Wollte unbedingt mit dem Inspektor reden, der ihren Sohn besucht hat. Das sind ja dann wohl Sie«, erklärte die junge Polizistin, die Meierhofer nur vom Sehen kannte, beinahe entschuldigend.

»Kein Problem«, erwiderte der Chefinspektor freundlich, »ich habe ohnehin Bereitschaft. Ich geh' dann mal rauf, in Ordnung?«

Die Polizistin nickte.

Meierhofer ging gemächlich die Treppe rauf, zu Rupert Umhäus' und Luzia Eddelingers Wohnung. Dort wartete bereits ein weiterer uniformierter Kollege auf ihn. Und eine Frau mittleren Alters, die völlig aufgelöst war.

»Guten Abend, Chefinspektor Meierhofer. Das ist Frau Umhäus, die Mutter von Rupert Umhäus. Sie hat darauf bestanden …«

»Ja ja, ich weiß«, unterbrach Meierhofer den Polizisten, dem anzusehen war, dass er im Moment lieber zuhause bei seiner Familie gewesen wäre. Das war ihm auch nicht zu verdenken.

Der Kriminalbeamte streckte Frau Umhäus, einer erstaunlich üppigen, sehr adretten Frau, die überhaupt keine Ähnlichkeit mit ihrem Sohn hatte, die rechte Hand hin.

»Meierhofer. Sie wollten mich sprechen?«, sagte er dabei, die Geduld in Person. Schließlich war alles besser als abendliches Nordic Walking.

»Umhäus, Ulrike Umhäus, ja, ich wollte Sie sprechen, Herr

Kommissar.«

»Chefinspektor«, verbesserte Meierhofer, der es nicht leiden konnte, als Kommissar angesprochen zu werden. Diesen Dienstgrad gab es in Österreich schlicht und einfach nicht. Aber nachdem die Leute anscheinend alle gerne Fernsehkrimis sahen, blieb ihm der Kommissar leider nicht erspart.

Ulrike Umhäus schien das aber nicht zu kratzen. In unglaublichem Tempo quasselte sie drauflos: »Also, es ist so, Herr Kommissar, seit ihr Kollege mich angerufen hat, um mir vom Tod der Luzia zu erzählen, seitdem habe ich meinen Rupert nicht mehr gesehen. Der Bub ist einfach so verschwunden, obwohl wir ihm gesagt haben, dass er doch zu uns kommen soll. Auf alle Fälle wollte ich heute Abend wieder einmal in der Wohnung vorbeischauen, in der Hoffnung, dass er wieder aufgetaucht ist, und um die Blumen zu gießen, und dann seh' ich das.«

Sie deutete auf das Chaos, das in der an sich schicken Wohnung herrschte. Hier war eingebrochen worden, das stand außer Frage.

»Mir war sofort klar, dass man da die Kriminalpolizei einschalten muss. Ich befürchte nämlich, dass mein Rupert entführt worden ist. Der arme Bub! Ich mache mir solche Sorgen um ihn«, sprudelte es aus Ulrike Umhäus heraus.

Meierhofer drang etwas weiter in das Innere der Wohnung ein und ließ das dort herrschende Bild der Zerstörung auf sich wirken. Während er sich nachdenklich über seinen Bart strich, sog er alles, was er sah, in sich auf. Man konnte meinen, eine Bombe wäre in der hübschen Wohnung gezündet worden. Schubladen waren aus den Kommoden gerissen und ihr Inhalt achtlos auf den Boden geworfen worden. Eine Reihe Ringordner hatte man aus einem Regal genommen, um in deren Inneren zu blättern. Schranktüren standen sperrangelweit offen. Sogar der Bezug der eleganten Couch war aufgeschlitzt worden. Ganz klar, hier hatte jemand etwas gesucht. Aber ob es, wie meistens bei Einbrüchen, Geld oder Schmuck gewesen war? Der Chefinspektor bezweifelte das stark. Was immer der oder die Täter gesucht hatten, es hatte möglicherweise mit ihrem Mordfall zu tun. Insofern war es klug von Frau Umhäus gewesen, dass sie darauf bestanden hatte, ihn zu verständigen.

»Er ist ganz sicher entführt worden, der Rupert!«, riss Ulrike Umhäus Meierhofer aus seinen Überlegungen.

Nun neigte sich Meierhofers Engelsgeduld doch dem Ende zu. Ein wenig zu bissig sagte er: »Frau Umhäus, Ihr Sohn ist untergetaucht, nachdem er erfahren hat, dass seine Verlobte ermordet wurde. Ich glaube nicht, dass Sie sich Sorgen machen müssen, dass er entführt wurde. Falls Sie Kontakt zu ihm haben sollten, überzeugen Sie ihn bitte davon, dass es das Klügste für ihn ist, wenn er sich uns stellt. Vor allem, wenn er nichts mit Luzia Eddelingers Tod zu tun hat.«

Die Mutter des von Europol und Interpol Gesuchten, eine Tatsache, die Meierhofer ihr gegenüber aus gutem Grund nicht erwähnte, funkelte den Chefinspektor wütend an: »Sie wollen doch damit hoffentlich nicht sagen, dass mein Bub ein Mörder ist? Der Rupert, der kann überhaupt nichts dafür, dass seine Luzia ermordet wurde. Der ist aus Kummer und Gram untergetaucht, der Bub. Weil er nicht verkraftet, dass er jetzt ohne seine Luzia leben muss. Er hat sie vergöttert, die Luzi, auch wenn ich das nicht so ganz verstanden habe. Hoffentlich hat er sich nichts angetan, der Rupert.«

»Wer sich was antun will, lässt sich dazu nicht samt Reisekoffer zum Flughafen chauffieren«, dachte Meierhofer insgeheim. Dann antwortete er: »Frau Umhäus, wir wollen Ihrem Sohn sicher nicht unterstellen, dass er ein Mörder ist, aber sein Verschwinden ist schon verdächtig. Das Chaos hier in der Wohnung allerdings auch. Haben Sie eine Vermutung, was man hier gesucht haben könnte? Fehlen Geld, Schmuck oder andere Wertgegenstände?«

Nun schaltete sich der uniformierte Kollege ein: »Das ist ja das Seltsame, Herr Chefinspektor, wir haben einen Tresor gefunden, der absolut unberührt ist. Im Schlafzimmer liegt Schmuck offen herum, der nicht mitgenommen wurde, und auch die teilweise nagelneuen elektronischen Geräte wurden nicht angerührt. Um ein Verbrechen, das aus Geldgier begangen wurde, handelt es sich hier mit ziemlicher Sicherheit nicht.«

Meierhofer wandte sich noch einmal an Frau Umhäus: »Fällt Ihnen irgendetwas anderes ein, das für den oder die Einbrecher interessant gewesen sein könnte, Frau Umhäus?«

Rupert Umhäus' Mutter schüttelte den Kopf.

»Nein, überhaupt nichts, Herr Kommissar. Der Rupert und seine Luzi waren grundanständige Leute. Ich verstehe wirklich nicht, warum jemand bei ihnen eingebrochen hat.«

Grundanständige Leute. Na, zumindest über Luzia Eddelinger hatte er bereits Gegenteiliges gehört.

Meierhofer zog sein Handy aus der Tasche und erklärte in Richtung des uniformierten Kollegen: »Ich verständige unseren Chef-Spurensicherer. Der soll mit ein paar seiner Leute hier alles genau durchforsten. Möglicherweise steht dieser Einbruch ja tatsächlich in einem Zusammenhang mit unserem aktuellen Mordfall.«

Gregor würde nicht begeistert davon sein, dass er seine schwangere Andrea heute Abend noch einmal alleine lassen musste.

War er auch nicht.

Bevor Meierhofer, der nicht wusste, was er hier noch hätte leisten können, den Heimweg antrat, stellte er Ulrike Umhäus noch eine Frage: »Frau Umhäus, wissen Sie vielleicht, ob Ihr Sohn und seine Luzia Kinder bekommen wollten? Eine Hochzeit war ja anscheinend in Planung, immerhin waren die beiden verlobt.«

Ulrike Umhäus' Miene verfinsterte sich.

»Sprechen Sie mich bitte nicht auf dieses Thema an, Herr Kommissar. Mein Rupert hasst Kinder. Keine Ahnung, was ich in diesem Punkt bei seiner Erziehung falsch gemacht habe. Er hat sich sterilisieren lassen. Bereits mit fünfundzwanzig! Weil er gemeint hat, er vertraut den Frauen nicht. Können Sie sich das vorstellen?!«

Volltreffer!

»Und was hielt Luzia Eddelinger davon, dass ihr Verlobter keine Kinder zeugen konnte?«, hakte der Chefinspektor neugierig nach.

Nun wurde Rupert Umhäus' Mutter knallrot im Gesicht. Ein wenig verschämt antwortete sie: »Sie hat nichts davon gewusst. Mein Mann und ich, wir mussten Rupert versprechen, es ihr nicht zu sagen. Er hat gehofft, dass sie, wenn sie irgendwann mal ein Kind will, glaubt, es klappt einfach so nicht. Hört man ja heutzutage immer wieder, dass junge Paare unbedingt ein Kind wollen, es aber aus irgendeinem Grund nicht funktioniert. Rupert hätte dann halt den Stress vorgeschoben.«

Grundanständig, dieser Rupert Umhäus. Grundanständig.

»Danke, Frau Umhäus. Sie haben mir sehr geholfen. Wenn es etwas Neues gibt, bezüglich Ihres Sohnes, melden wir uns bei Ihnen. Auf Wiedersehen.«

Meierhofer nickte seinem uniformierten Kollegen zu. Der Chefinspektor freute sich jetzt auf sein Zuhause. Zum Nordic Walking war es nun nämlich ohnehin schon zu spät.

19

»Hallo, Opa. Dass du dich überhaupt noch nachhause traust. Oma ist stinksauer. Sie sitzt in der Badewanne«, lautete Lukas' trockene Begrüßung, als er seinen Großvater sah.

Meierhofer schwante Böses. Deshalb versuchte er auch, vom Thema abzulenken: »Haben sich deine Eltern immer noch nicht ausgesprochen? Wie lange wollen sie dieses dumme Spiel denn noch weiterspielen?«

Lukas zuckte mit den Schultern.

»Keine Ahnung, Opa. Ich hab' sie heute nicht angerufen. Will die beiden schmoren lassen. Irgendwann wird es ihnen schon zu blöd werden. Ist bei den Mädels auch immer so.«

Aha, ein kleiner Einblick in jugendliches Jagdverhalten. Anscheinend hatte sich dieses seit seiner Zeit gar nicht so sehr verändert.

»*Wenn du die Aufmerksamkeit einer jungen Dame erregen willst, ignoriere sie!*« Das hatte ihm schon sein Vater geraten. Geschafft hatte Meierhofer das allerdings nie. Irene war ja auch die einzige junge Dame gewesen, deren Aufmerksamkeit er je hatte erregen wollen. Und sie hatte ihn gehörig zappeln lassen, seine Irene. Sie hatte eben schon damals die Hosen angehabt. Wirklich geändert hatte sich das nie. Vielleicht liebte er sie ja gerade deshalb so sehr. Weil sie immer genau wusste, was sie wollte.

»Opa? Ob's kalt ist draußen, hab' ich dich gefragt!«

Meierhofer zuckte kurz zusammen. Dass er völlig geistesabwesend über irgendetwas nachdachte, kam immer häufiger vor.

»Ja, ziemlich kalt. Außerdem fällt der Nebel gerade wieder ein. Wieso?«

»Ach nichts, wir haben morgen Wandertag. Wenn's schiarch

wird, gehen wir ins Hallenbad. Ich hoffe also, dass es sehr schiarch wird. Wegen der Mädels, du weißt schon, Opa.«

Lukas zwinkerte seinem Großvater zu. Der musste lachen. Lukas war ja anscheinend ein echter Aufreißertyp. Allerdings war das bei seinem Aussehen auch nicht weiter verwunderlich.

»Na, dann passt es ja bestens, dass ich heute nicht brav aufgegessen habe«, meinte Meierhofer, während er aus seinen Schuhen schlüpfte.

Lukas ging auf seinen Großvater zu und flüsterte dann: »Das ist ja das Hauptproblem. Oma hat wieder irgendein Gemüsezeug gemacht, für das sie echt lange gebraucht hat, und du hast nicht mal angerufen, um ihr zu sagen, dass es später wird. Du hast übrigens Glück gehabt, Opa. Sie hat das Gemüse schon in den Biomüll geschmissen. Aber von meinen Mohnnudeln müssten noch ein paar da sein.«

Mohnnudeln. Köstlich! Dass er vollkommen darauf vergessen hatte, Irene Bescheid zu geben, tat dem Chefinspektor nun ein wenig leid. Wobei er sich ja, wenn er ehrlich gewesen wäre, hätte eingestehen müssen, dass er das nicht ganz unbewusst verdrängt hatte.

»Ich geh' wieder fernschauen, Opa. Gute Nacht.«

Da stand er nun, Hans Meierhofer, schuhlos und vor der Wahl, entweder heimlich die letzten Mohnnudeln zu verdrücken oder zu seiner Frau ins Badezimmer zu gehen, um sich reumütig für sein Fehlverhalten zu entschuldigen.

Der Siebenundfünfzigjährige lehnte gerade, mit einer Gabel bewaffnet, am Herd und stopfte gierig die kalten, aber dennoch köstlichen Mohnnudeln in sich hinein, als ihn ein Räuspern aufschrecken ließ.

»Schmeckt's dir auch, Hans?«

Unfähig, etwas zu antworten, da sein Mund übervoll war, nickte Meierhofer vehement. Gleichzeitig zog er die Schultern ein, weil er Angst vor dem Donnerwetter hatte, das nun folgen würde.

Irene, seine um zwei Köpfe kleinere Frau, kam auch schon bedrohlich auf ihn zu, um dann die Arme um ihn zu legen.

»Gut so. Die Dinkellaibchen mit gedämpftem Spinat und Karottensoße, die eigentlich für dich gedacht gewesen wären, hätten dich wahrscheinlich eh nicht glücklich gemacht.«

Meierhofer verstand die Welt nicht mehr. Welche Show zog Irene denn da ab?

Der nächste Satz seiner Gattin erklärte alles: »Stefano hat mich angerufen.«

Nein!!! Das hatte er nicht wirklich getan! War er verrückt geworden?!

»Mir war nicht bewusst, wie sehr dich diese Diät runterzieht, Hans. Ich hab's ja eigentlich nur gut mit dir gemeint, dir damit aber anscheinend die gesamte Lebensfreude genommen. Das wollte ich natürlich auch nicht.«

Der Chefinspektor, der immer noch völlig perplex war, nickte erneut eifrig.

»Was nützt es dir, wenn du ein paar Jährchen älter wirst, aber dafür unglücklich und frustriert bist?«

Und wieder ein Nicken.

»Wenn du allerdings jetzt glaubst, dass du ab morgen wieder jeden Tag Hausmannskost, Süßigkeiten und Koffein ohne Ende kriegst, hast du dich geschnitten, mein Lieber!«

Da war sie wieder, seine bessere Hälfte, die Drill-Instructorin.

»Ich will ja schließlich auch nicht, dass du viel zu früh ins Gras beißt. Also, keine Extremdiät mehr, aber auch keine Völlerei ohne Maß und Ziel, okay? Wir probieren es mit einem Kompromiss. Gesünderes Essen, das aber trotzdem lecker ist wie Dominiks Penne all' arrabiata mit Vollkornnudeln zum Beispiel ...«

Stefano hatte anscheinend wirklich alles ausgeplaudert.

»... maximal drei Tassen koffeinhaltigen Kaffee pro Tag, dazwischen koffeinfreien, und drei Mal in der Woche Bewegung. Es muss ja nicht unbedingt Nordic Walking sein.«

Meierhofer sah seine Stunde gekommen. Er drückte Irene einen Schmatzer auf den Mund und flüsterte: »Mir fiele da schon etwas ein, das mehr Spaß macht als Walken, aber auch gesund ist.«

Irene errötete, wie damals, als er ihr den ersten Kuss gegeben hatte. Er war ja doch noch nicht ganz verschwunden, der gute alte Meierhofer-Charme.

Mission accomplished.

»Was hältst du davon, Hans? Kannst du mit diesem Kompromiss leben? Und kommst du dann auch wieder mal pünktlich nachhause? Immerhin musst du dich dann weder vor dem Abendessen noch vor dem Walken fürchten.«

»Also, wenn wir es so machen, wie ich eben gemeint habe, bin ich mindestens dreimal pro Woche überpünktlich«, konterte Meierhofer keck.

Nun lachte Irene laut auf. »Dreimal pro Woche?! Na, ob du das durchhältst?«, neckte sie ihren Gatten, der ihr daraufhin einen Klaps auf den Po gab.

»Na super, meine Eltern wollen sich scheiden lassen und meine Großeltern führen sich auf wie Teenies. Mir bleibt auch nichts erspart«, murmelte Lukas, der auf dem Weg zum Klo war.

»Merk dir eines, Lukas, für die Liebe ist man nie zu alt«, meinte Meierhofer daraufhin augenzwinkernd.

Lukas konterte mit der für seine Familie typischen Prise Zynismus: »Jetzt weiß ich auch, warum man Babys früher zur Beruhigung einen Mohnzutzl gegeben hat. Macht komplett gaga, das Zeug.«

Als Meierhofer darüber nachdachte, wie toll es war, einen Enkel wie Lukas zu haben, fiel ihm wieder ein, dass sich Rupert Umhäus schon mit fünfundzwanzig hatte sterilisieren lassen. Er hatte also gewusst, dass er keine Kinder zeugen konnte. Und dann war seine Verlobte schwanger geworden. Nun war Luzia Eddelinger tot und Umhäus verschwunden. Egal, wie früh er nachhause kam. Seine Arbeit auch gedanklich im Büro lassen, das schaffte der Chefinspektor immer noch nicht. Erst, wenn er wusste, wer Luzia Eddelinger in den Tod gestoßen hatte, würde er wieder seine innere Ruhe finden. Erst dann – und keine Sekunde vorher.

20

Meierhofer saß an seinem Schreibtisch, eine Tasse koffeinfreien Kaffees in der Hand, aber dennoch relativ glücklich. Das heutige Frühstück war um einiges befriedigender gewesen als die der letzten Tage: Vollkornbrot mit selbstgemachtem Streichkäse, magerem Schinken und Gemüse. Gesund, aber dennoch schmackhaft. Trotzdem begrüßte er den eben eintretenden Staudinger mit einem gespielt grummeligen: »Verräter!«

Der Gruppeninspektor zauberte sein charmantestes Lächeln hervor. Eines, das sogar seinen Chef nicht kalt ließ. Er war halt einfach zu schnuckelig, der schmucke Halbitaliener.

»Ich musste handeln, alter Mann. Du warst eine tickende Zeitbombe. Irene hatte tatsächlich keine Ahnung, wie sehr du unter dieser extremen Diät gelitten hast. Habt ihr einen Kompromiss getroffen?«

Meierhofer nickte.

»Siehst du das nicht? Ich hab' heute immerhin schon ein paar Schinkenbrote bekommen – zwar dieses Vollkornzeugs mit jeder Menge Gurkenscheiben und Paprikastreifen dazu, aber gar nicht so übel. Schlimm ist eigentlich nur, dass ich meine Koffeinzufuhr zügeln muss. Ich fühle schon, wie sich mir die eben erst vertriebene Müdigkeit erneut nähert.«

Staudinger lachte auf.

»Bist du unter die Poeten gegangen, Hans? Wie sich mir die eben erst vertriebene Müdigkeit erneut nähert. Ha!«

Der Gruppeninspektor wurde von einem Piepton unterbrochen, der den Eingang einer E-Mail signalisierte.

»Du hast ein Mail bekommen, Hans«, meinte er daraufhin, was Meierhofer mit einem trockenen »Und ich dachte, es wäre die Eieruhr« kommentierte.

Die Stimmung änderte sich schlagartig, als der Chefinspektor auf seinen Posteingang wechselte.

»Das ist ein Mail von Roberta Zwiggli. Mit dem Betreff Engelbert Eddelinger. Ist Engelbert der Vorname des Exmanns unserer Toten?«

Staudinger blickte seinem Chef über die Schulter. Er konnte es gar nicht erwarten, zu erfahren, was es mit dieser E-Mail auf sich hatte.

»Ich nehme an. Mach das Mail auf, Hans!«

Der Chefinspektor gehorchte. Die beiden Kriminalbeamten überflogen die höflich-freundlichen Floskeln, die Roberta Zwiggli gesandt hatte. Ihre Augen blieben an einem Satz im Postskriptum hängen: *Anbei Engelbert Eddelingers Vorstrafenregister – kann sich sehen lassen ;-).*

»Unglaublich«, murmelte Staudinger kurz darauf, »das musst du ausdrucken, Hans!«

Engelbert Eddelingers Vorstrafenregister war tatsächlich unglaublich: Betrug, Nötigung, Körperverletzung – Luzia Eddelingers Exmann war auf alle Fälle kein unbeschriebenes Blatt.

»Gestern Abend war ich mir noch zu beinahe hundert Prozent sicher, dass Rupert Umhäus unser Mann ist, aber das ändert doch einiges. … Ah, das hab' ich dir ja noch gar nicht erzählt, Stefano, Rupert Umhäus hat sich bereits mit fünfundzwanzig Jahren sterilisieren lassen, weil er Kinder hasst und den Frauen nicht vertraut.«

Staudinger richtete sich auf.

»Wie bitte? Ich versteh' nur Bahnhof, Hans. Könntest du mich bitte aufklären?«

Meierhofer kam ein Grinsen aus.

»Also, Stefano, wenn ein Mann und eine Frau sich ganz doll lieb haben, dann …«

»Sehr witzig, Hans. Ich bin zwar schwul, aber dass nicht wirklich der Storch die Kinder bringt, ist mir durchaus bewusst. Also, woher weißt du, dass Rupert Umhäus keine Kinder zeugen konnte?«

Meierhofer nahm einen Schluck seines kalten koffeinfreien Kaffees und antwortete dann: »Von seiner Mutter.«

»Von seiner Mutter? Wo hast du die denn kennen gelernt?«

Der Chefinspektor erzählte seinem Kollegen, was am Vorabend passiert war. Als er seine Schilderungen beendet hatte, meinte er: »Und, was denkst du, Stefano? Welcher der beiden Herren ist jetzt der Verdächtigere?«

Staudinger überlegte laut: »Schwierig, schwierig, Hans. Rupert Umhäus hat auf alle Fälle ein 1-A-Motiv. Für mich ist er damit dringend tatverdächtig. Wenn er tatsächlich sicher wusste, dass er keine Kinder zeugen kann, Luzia Eddelinger ihm aber ihres als das seine verkauft hat – wäre schon möglich, dass er in diesem Fall ausgezuckt ist. Ich glaube, so ein Kuckucksei reicht als Mordmotiv, noch dazu, wenn du Kinder hasst. Etwas, das ich mir ja überhaupt nicht vorstellen kann.«

Nun übernahm Meierhofer: »Es könnte aber genauso gut sein, dass dieser Engelbert Eddelinger etwas mit dem Tod seiner Exfrau zu tun hat. Der Mann ist vorbestraft, nimmt es also mit der Einhaltung geltender Gesetze anscheinend nicht so genau. Wäre ja gut möglich, dass ihn Luzia Eddelinger mit irgendetwas erpresst hat. Warum war sie kurz vor ihrem Tod in der Schweiz? Das müssen wir unbedingt herausfinden. Vielleicht war sie ja bei ihrem Ex…«

»Roberta Zwiggli ist ihm eh schon auf den Fersen. Trotzdem finde ich Rupert Umhäus' Verschwinden noch um einiges verdächtiger als Eddelingers Vorstrafen. Ich glaube, dass es der Verlobte war«, fiel ihm Staudinger ins Wort.

Der Chefinspektor stand auf, um sich einen weiteren koffeinfreien Kaffee zu machen. Besser Placebo als gar kein Kaffeegeschmack. Dabei murmelte er: »Ich weiß nicht so recht, Stefano. Ich tippe momentan eher auf den Exmann. Immerhin ist Luzia Eddelinger nach ihrem Schweizausflug verstorben. Einem Ausflug, von dem sie, wenn man ihrem Verlobten glauben kann, offiziell gar nicht zurückgekehrt ist.«

»Tja, aber nachdem eben gerade dieser Verlobte selbst tatverdächtig und zu allem Übel auch noch auf der Flucht ist, gilt er nicht unbedingt als zuverlässige Informationsquelle, würde ich mal sagen.«

In die sich allmählich zum Streitgespräch entwickelnde Diskussion platzte Gregor, der Spurensicherer: »Na, eifrig bei der Arbeit? Euch hört man übrigens bis draußen. Exmann oder Verlobter – spannende Frage. Wobei ich generell und grundsätzlich davon ausgehe, dass es der Gärtner war.«

»Tja, nicht immer ist der Gärtner der Mörder, lieber Gregor, was verschafft uns denn die Ehre? Du bist doch nicht wieder wegen meiner zugegebenermaßen extrem geschmackvollen Hans-Tasse gekommen?«, begrüßte Meierhofer den Spurensicherer.

Gregor schmunzelte.

»Erwischt. Ich träume Tag und Nacht von deiner Tasse, Hans. Mit ein wenig Glück bekomme ich ja auch irgendwann mal so ein geschmackvolles Stück zum Geburtstag. Aber dann hoffentlich in Himmelblau, um den Kitsch auch perfekt zu machen. Nein, dein Häferl alleine ist es nicht, Hans – ich nehme aber gerne eine Tasse Kaffee, wenn du schon so freundlich fragst – mich führt übrigens der Einbruch von gestern Abend zu euch.«

Nun horchten beide Inspektoren auf. Dass Gregor persönlich bei ihnen vorbeischaute, entsprach eigentlich nicht den üblichen Gepflogenheiten. Normalerweise bekamen sie beizeiten einen genauen Bericht der Spurensicherung, in dem alles Wichtige nachzulesen war. Anscheinend hatte Gregor aber großes Interesse an diesem Fall. Immerhin besuchte er sie in der letzten Zeit verdächtig häufig.

»Gut, also, was den Einbruch angeht. Auf den ersten Blick haben wir nichts Spektakuläres gefunden. Keine Fingerabdrücke auf den herausgerissenen Schubladen oder Ordnern, natürlich auch nichts auf den Türklinken. Außer den Abdrücken dieser Ulrike Umhäus haben wir nichts entdeckt. Aber, und jetzt kommt's, diese Ringordner, die müssen es unserem Täter besonders angetan haben.

Die wurden wahrscheinlich sehr genau durchgeblättert, und es wurde etwas herausgenommen. Wir haben nämlich auf einem der Ordner kaum sichtbare Blutspuren und Hautschuppen gefunden.«

Den beiden Kriminalbeamten war anzusehen, dass sie nicht so recht verstanden. Auch Gregor schien das zu bemerken: »Ihr wisst schon, bei diesen großen Ringordnern kann es schon mal passieren, dass man sich beim Zumachen einzwickt. Unser Einbrecher oder die Einbrecherin dürfte eine nicht allzu geschickte Person sein. Zwar äußerst gründlich, aber eben auch ungeschickt. Er oder sie hat sich beim Schließen des Ringes wohl ziemlich heftig gezwickt, dabei dürfte dann der Gummihandschuh zerrissen und eine, wenn auch tatsächlich nur mikroskopisch kleine, Menge Blut und einige Hautschuppen an dem Ring hängen geblieben sein. Dass wir darauf gekommen sind, habt ihr übrigens meiner neuen jungen Kollegin zu verdanken. Die hantiert so gerne mit diesem Luminol-Spray herum. Dass sie in diesem Fall aber tatsächlich Blutspuren damit entdeckt – wer hätte das gedacht?«

Blutspuren und Hautschuppen am Ring eines Ordners – das klang ja beinahe nach C.S.I. Miami, New York, oder wo auch immer diese Serie sonst noch spielte. C.S.I. Krems an der Donau – Meierhofer musste bei diesem Gedanken schmunzeln.

»Vielleicht ist es das Blut von Umhäus? Oder unserer Toten?«, warf Staudinger ein.

Gregor schüttelte sofort vehement den Kopf.

»Kann nicht sein. Die Spuren sind dafür viel zu frisch. Eine Möglichkeit wäre natürlich noch, dass diese Ulrike Umhäus an den Ordnern herumhantiert hat. Aber nachdem wir ihre Fingerabdrücke sonst praktisch überall in der Wohnung gefunden haben, wäre es schon seltsam, wenn sie für das Durchforsten des Ordners plötzlich Handschuhe verwendet hätte …«

»Außer natürlich, sie wollte es bewusst so aussehen lassen, als wäre in die Wohnung eingebrochen worden, um davon abzulenken, dass sie etwas aus dem Ordner genommen hat«, unterbrach

Staudinger abermals.

Meierhofer schüttelte den Kopf. »Sie ist Rupert Umhäus' Mutter, Stefano. Sie hat also mit Sicherheit einen Schlüssel zur Wohnung. Wenn sie etwas aus einem Ordner hätte entfernen wollen, hätte sie das doch einfach so machen können. Ohne die ganze Einbruchssache. Wer wäre ihr schon draufgekommen?«

»Ihr Sohn vielleicht? Möglicherweise will sie ja vor ihm geheim halten, dass sie etwas aus diesem Ordner genommen hat – oder aber sie arbeitet mit ihm zusammen, und die beiden haben gemeinsam diesen Einbruch fingiert«, konterte der Gruppeninspektor.

Gregor schlug sich mit der linken Hand auf die Stirn. »Das hätte ich ja jetzt komplett vergessen! In die Wohnung ist nicht eingebrochen worden. Also nicht im klassischen Sinne. Wir konnten keinerlei Spuren eines Einbruchs nachweisen. Sie wurde also nur durchsucht.«

Das machte es doch gleich noch ein wenig wahrscheinlicher, dass Ulrike Umhäus die Sache inszeniert hatte – mit oder ohne die Hilfe ihres flüchtigen Sohnes.

Gregor räusperte sich, um dann fortzufahren: »Wie auch immer. Wir haben auf alle Fälle DNA-Spuren der Person, die irgendetwas in einem der Ordner gesucht und wohl auch gefunden hat. Warum hätte sie sonst den Ring des Ordners geöffnet? Ob es die Mutter des Wohnungsbesitzers war, könnt ihr ja anhand der DNA-Spuren überprüfen lassen – wenn euch die Staatsanwaltschaft ihr Okay dazu gibt.«

Meierhofer fuhr sich durch seinen Vollbart. Den Staatsanwaltschafts-Nachsatz ignorierte er. Etwas anderes, das der Spurensicherer gesagt hatte, beschäftigte ihn. Die Person, die die Wohnung durchwühlt hatte, war anscheinend tatsächlich fündig geworden. Das war ihm bis eben gar nicht bewusst geworden. Oder allerdings …

»Es wäre natürlich theoretisch auch möglich, dass die Person, die gestern an dem Ringordner war, etwas in den Ordner hineingegeben hat. Wobei das vielleicht die unwahrscheinlichere Variante ist.«

Nun schaltete Staudinger sich ein: »Wie auch immer, wir müssen diesen Ordner sofort sicherstellen. Mal schauen, was sich darin befindet. Vielleicht können wir dann Rückschlüsse darauf ziehen, was der Einbrecher oder die Einbrecherin – oder soll ich jetzt der Durchwühler oder die Durchwühlerin sagen – darin gesucht haben könnte.«

Gregor ging, ohne auch nur ein Wort zu sagen, nach draußen, um wenig später mit einem Papiersack in den Händen wieder zurück ins Büro zu kommen.

»Ta ta«, rief er theatralisch, während er einen in einem großen Beweissicherungsbeutel verpackten, riesigen grauen Ringordner aus dem Papiersackerl zauberte, »aber bitte zieht Gummihandschuhe an, wenn ihr das Ding durchforstet!«

»Gregor, du bist der Beste«, meinte Meierhofer schmunzelnd, als er den Beweissicherungsbeutel samt Ringordner entgegennahm.

»Ich weiß, Hans, ich weiß. Wird wirklich Zeit, dass ich meine eigene Gregor-Tasse bekomme. Wenn's etwas Neues gibt, melde ich mich bei euch. Auf Wiedersehen, die Herren Inspektoren.«

Augenzwinkernd verschwand Gregor so schnell, wie er kurz zuvor aufgetaucht war.

Während sich der Chefinspektor ein Paar Gummihandschuhe überzog, notierte er gedanklich, was er heute unbedingt noch machen musste:

- *Ordner durchsuchen*
- *Herausfinden, wer alles einen Schlüssel zur Umhäus/Eddelinger-Wohnung hatte*
- *Mit Roberta Zwiggli telefonieren/skypen*
- *Einen Grafologen und einen Historiker kontaktieren*
- *Das Internet nach einer himmelblauen Gregor-Tasse durchforsten*

Vielleicht würde er dann ja auch gleich eine Stefano-Tasse finden. Ehre, wem Ehre gebührte.

21

»Verträge. Das sind alles Verträge«, murmelte Staudinger, nachdem er den grauen Ordner etwa zum fünften Mal genau durchsucht hatte, »da ist absolut nichts Aufregendes dabei. Ein Mietvertrag für die Wohnung, der interessanterweise auf Luzia Eddelinger lief – anscheinend ist Rupert Umhäus bei ihr eingezogen –, außerdem ein Gebrauchtwagen-Kaufvertrag, verschiedene Versicherungsverträge. Nichts Spannendes. Schade.«

Die Enttäuschung war dem Gruppeninspektor deutlich anzusehen. Auch Meierhofer hätte sich etwas Fesselnderes erhofft, auch wenn er nicht genau wusste, was.

»Also, nachdem wir davon ausgehen können, dass unser Wohnungsdurchwühler keinen dieser Verträge im Nachhinein in die Mappe reingegeben hat – die sind einfach alle viel zu irrelevant, immerhin ist ja keine Lebensversicherung dabei –, hat die betreffende Person wohl einen Vertrag aus dem Ordner entfernt. Einen Vertrag, der uns möglicherweise auf die Spur des Mörders gebracht hätte.«

Der Chefinspektor, der sich intensiv mit der Hand durch den Bart fuhr, begann, im Büro auf und ab zu gehen.

Staudinger überlegte währenddessen laut: »Ein Vertrag. Tja, vielleicht war es ja eine Lebensversicherungs-Polizze, die entfernt wurde. Ist doch gut möglich, dass Luzia Eddelingers Eltern oder ihr Verlobter finanziell von ihrem Tod profitieren. Gibt's eigentlich ein Testament? Wenn nicht, erben doch auch ihre Eltern, oder? Immerhin war sie geschieden und mit Umhäus nur verlobt. Kinder hatte sie keine. Aber hatte sie überhaupt etwas zu vererben?«

»Die Polizze einer Lebensversicherung oder ein Testament,

eines, das sie privat mit zwei Zeugen geschrieben hat, also nicht offiziell von einem Notar hat bescheinigen lassen. Das finde ich auch am logischsten. Beides könnte uns dabei helfen, Luzia Eddelingers Mörder zu finden. Aber wer könnte Interesse daran haben, eine Lebensversicherungs-Polizze oder ein Testament verschwinden zu lassen?« Meierhofer strich sich immer noch über seinen Bart, ein untrügliches Zeichen dafür, dass er extrem konzentriert nachdachte.

Staudinger stand nun ebenfalls auf, um sich ein Glas Wasser zu holen. Er hatte das Gefühl, dass er besser denken konnte, wenn er seinem Körper Flüssigkeit zuführte.

»Na ja, da wären einmal Luzia Eddelingers Eltern. Sie lagen im Clinch mit ihrer Tochter, weshalb diese möglicherweise ein Testament geschrieben hat, das nicht ihre Eltern, sondern jemand anderes zu ihrem beziehungsweise ihren Erben machte. Wenn Luzia Eddelinger also etwas zu vererben hatte, das ihre Eltern gerne haben wollten, dann hätten sie das Testament und ihre Tochter loswerden müssen, um doch Alleinerben zu bleiben.«

Der Chefinspektor, der nun ebenfalls in die kleine Küche gegangen war, um sich einen Kaffee zu machen – dieses Mal allerdings einen mit Koffein, weil die Umstände einfach danach verlangten –, schüttelte vehement den Kopf.

»Ich weiß nicht, Stefano. Selbst wenn Luzia Eddelingers Eltern von ihrer Tochter dermaßen enttäuscht waren, dass sie jeglichen Kontakt zu ihr abgebrochen haben – ich kann mir beim besten Willen nicht vorstellen, dass Eltern so weit gehen, ihr Kind zu töten, nur um an Geld oder irgendeinen anderen Wertgegenstand zu gelangen. Nein, so was bringen Eltern nicht zustande. Wenn sie hinter dem Mord an ihrer Tochter stecken, dann eher aus irgendeinem Wahn heraus – so in Richtung: Nur durch ihren Tod können wir sie erlösen oder so. Weißt du, was ich meine?«

Staudinger nickte. Er konnte sich gut vorstellen, dass das stimmte. Also überlegte er weiter: »Na gut, wenn es nicht ihre Eltern waren, dann vielleicht ihr Verlobter. Möglicherweise hat

Luzia Eddelinger eine Lebensversicherung abgeschlossen, die ihn im Falle ihres Todes begünstigt. Er hat sie deshalb ermordet, will nun das Geld kassieren, hat sich ins Ausland abgesetzt und seine Mutter beauftragt, die Polizze für ihn verschwinden zu lassen.«

Meierhofer nahm einen Schluck seines himmlischen Kaffees. Es ging doch nichts über eine ordentliche Portion Koffein. Dann erwiderte er: »Das klingt an sich ganz logisch, aber zwei Punkte sprechen dagegen. Erstens: Warum hat er ihren Tod dann nicht einfach nach einem Unfall ausschauen lassen? Die Sache mit der Rune auf der Axt und dem Teufelssturz-Schriftzug auf ihrem Rücken ist in diesem Fall doch wirklich kontraproduktiv.«

»Schon, allerdings kann es ja auch sein, dass er sie nicht nur aus eiskalter Berechnung getötet hat, sondern aus dem Affekt heraus – weil er eben wegen der Schwangerschaft so wütend war. Dass er nun auch das Geld abstauben kann, ist möglicherweise nur ein netter Nebeneffekt«, konterte Staudinger, der das Gefühl hatte, dass das Wasser bereits zu wirken begann.

Der Chefinspektor blieb skeptisch: »Möglich, dass es so war, aber glauben kann ich es trotzdem nicht. Und zweitens: Wenn Rupert Umhäus' Mutter mit ihm unter einer Decke steckt, dann war es ziemlich ungeschickt von ihr, mir von der Vasektomie ihres Sohnes zu erzählen.«

Dieser Punkt ging eindeutig an den Chefinspektor. Oder auch nicht.

»Ja, aber wer so ungeschickt ist, sich mit einem Ringordner so zu verletzen, dass er DNA-Spuren am Tatort hinterlässt, der redet möglicherweise auch, ohne vorher lange darüber nachzudenken, was er eigentlich von sich gibt.«

Meierhofer wurde wieder einmal bewusst, warum er so gerne mit seinem jungen Kollegen zusammenarbeitete. Sie sahen vieles aus komplett unterschiedlichen Blickwinkeln. Sie beide schenkten einander nichts. Das tat den Ermittlungen in der Regel sehr gut.

»Und, was den Exmann angeht, der passt jetzt überhaupt nicht mehr ins Bild, oder?«, ergänzte Staudinger nun auch ein wenig hämisch.

Sein Chef, der erneut einen Schluck seines Kaffees genoss, als ob es sich dabei um ein außergewöhnliches kulinarisches Ereignis handeln würde, überlegte einen Moment, bevor er antwortete: »Warum eigentlich nicht? Es wäre doch auch möglich, dass es sich um eine Polizze aus der gemeinsamen Ehe mit Luzia Eddelinger handelt und er der Begünstigte ist. Allerdings hätte er dann extra nach Österreich kommen müssen, um die Polizze verschwinden zu lassen. Das können wir sicher mit Roberta Zwiggli, die ihm gerade auf den Fersen ist, abklären. Im Besitz des Wohnungsschlüssels müsste er dann aber auch sein.«

Meierhofer machte eine lange Pause, bevor er ergänzte: »Ist vielleicht doch nicht allzu wahrscheinlich, dass Engelbert Eddelinger etwas mit der Ringordner-Sache zu tun hat.«

Ein triumphierendes Lächeln machte sich auf Staudingers Gesicht breit. Zum jetzigen Zeitpunkt sah es tatsächlich so aus, als würde er, was ihre morgendlichen Täter-Diskussionen anging, recht behalten.

Wehmütig stellte der Chefinspektor sein leeres Hans-Häferl auf den Tisch. Dabei murmelte er: »Ich weiß nicht, das ist alles so verworren. Nichts klar oder eindeutig.«

»Aber wenigstens sind die faden Wochen vorbei«, Staudinger ging auf die Luzia-Eddelinger-Pinnwand zu, »das ist doch auch was wert. Was hältst du davon, wenn wir alles, was uns einfällt, auf Karterl schreiben und dann an die Wand heften? Hilft uns vielleicht, unsere Gedanken zu entwirren.«

»Okay, lass uns brainstormen, mindmappen, oder wie auch immer das heißt«, seufzte Meierhofer, »aber du schreibst. Meine Sauklaue kann ja wieder keiner lesen.«

Der Gruppeninspektor griff folgsam zum roten Edding.

»Kollege Staudinger, ich stelle fest, dass Ihre Stiftwahl als äußerst respekt-, pietätlos und unsensibel einzustufen ist«, meinte der Chefinspektor daraufhin süffisant. Danach brachen die beiden Kriminalbeamten in schallendes Gelächter aus. In einem Anfall von schwarzem Humor, den man mit Sicherheit auch bis draußen hören konnte.

*

»Weißt du, was mich stutzig macht, Hans?«

»Nein, aber du wirst es mir sicher gleich sagen, Stefano.«

Mittlerweile waren einige Stunden vergangen, die Pinnwand von Zettelchen übersät und beiden Inspektoren war anzusehen, dass ihnen eine Pause guttäte.

»Luzia Eddelinger war im dritten Monat, als sie gestorben ist, warum trug sie dann bereits ein Umstandskleid? Noch dazu an einem nicht allzu warmen Septembertag? Das Kleid, das sie anhatte, ist ja eher als Kleidchen einzustufen«, meinte Staudinger, während er sich ein paar Soletti in den Mund schob. Nicht einmal zum Essen waren er und Meierhofer gekommen. Was, soweit es Letzteren anging, gar nicht so schlecht war.

Der Chefinspektor gab ein seltsames Grunzen von sich.

»Keine Ahnung, Stefano. Ist Schwangeren nicht immer heiß?«

»Im dritten Monat? Kann ich mir nicht vorstellen. Ich glaube immer mehr, dass der Mord keine spontane Sache war. Ihr weißes Kleid, die Art, wie sie aufgebahrt wurde, die Rune, der Teufelssturz-Schriftzug. Das hat doch alles etwas Rituelles. Da hat sich jemand etwas dabei gedacht«, nuschelte Staudinger, der den Mund voller Soletti hatte, ein wenig unverständlich.

Meierhofer griff nun ebenfalls in die große Soletti-Packung und erwiderte dann: »Dir ist aber schon bewusst, dass das völlig konträr zu deinen *Er hat es im Affekt getan*-Vermutungen von heute Morgen ist. Traust du Rupert Umhäus zu, Luzia Eddelingers Tod genau geplant zu haben? Als Komposition, Ritual, oder wie auch immer du das nennen willst?«

Staudinger wurde plötzlich von einem massiven Hustenanfall geplagt, aber zum Glück hatte er wie immer ein Glas Wasser griffbereit.

»Du sollst das Zeug essen, nicht inhalieren«, kommentierte der Chefinspektor grinsend den Beinahe-Erstickungstod seines Kollegen.

»Danke für deine Fürsorge. Ich hab' dich auch lieb, Hans. Und ja, ich traue Umhäus so etwas zu. Weißt du, woran mich das weiße Umstandskleid erinnert?«

Der Gruppeninspektor erhob sich, ging auf die Pinnwand zu und deutete auf das Foto, auf dem das Kleid der Toten deutlich zu sehen war.

»An ein Brautkleid. Oder eines dieser Erstkommunionskleider, die die kleinen Mädchen immer anhaben.«

»Davon kommt man aber immer mehr ab. In vielen Gemeinden tragen die Kinder während ihrer Erstkommunion neuerdings Kutten«, warf Meierhofer wissend ein. »Aber du hast recht. Luzia Eddelingers Kleid sieht wie ein schlichtes Brautkleid aus. Denkst du, Rupert Umhäus hat ihr vorgegaukelt, dass er sie heiraten würde, an diesem 20. September? Vielleicht auf der Ruine Aggstein oder nahe der Ruine, ganz heimlich – nur ein Standesbeamter und sie beide. Immerhin waren die zwei verlobt. Sie hätte es ihm also möglicherweise abgekauft.«

Staudinger kam in Fahrt.

»Ja, so könnte es gewesen sein. Allerdings spricht dagegen, dass Luzia Eddelinger laut Umhäus' Berichten unbedingt eine große Hochzeit wollte … Möglich wäre aber natürlich auch, dass diese Spontanhochzeit in den Augen der Toten ein Versuch gewesen wäre, den Hochzeitsstreit zu beenden. Rupert Umhäus erzählt seiner Verlobten, dass er sie heimlich, in aller Stille, heiraten will. Nahe der Ruine Aggstein. Sie zieht sich dieses weiße Umstandskleid, das sie eigentlich für eine Hochzeit zu einem späteren Zeitpunkt gekauft hat, an und begleitet ihn. Weißt du, was wir noch gar nicht bedacht haben? Vielleicht waren die beiden ja gemeinsam auf der Ruine, bevor sie in den Wald spaziert sind. Wir sollten dort vorbeischauen und mal nachfragen, ob man sie gesehen hat?«

»Allerdings, das sollten wir.«

Der Gruppeninspektor fuhr fort: »Also, wo war ich? Genau, Luzia Eddelinger glaubt an eine romantische, geheime Hochzeit, folgt ihrem Verlobten in den Wald, genießt die schöne Aussicht und wird dann brutal von ihm in die Tiefe gestoßen. Rupert Umhäus, der möglicherweise, was wir übrigens auch noch nicht überprüft haben, ein geübter Kletterer ist, klettert zu ihr runter, befestigt das Wort Teufelssturz auf ihrem Rücken – weil sein Engel durch die Schwangerschaft für ihn zum Teufel geworden ist – dreht sie dann um, bahrt sie wie ein wunderschönes Schneewittchen auf und legt ihr die Axt in die Hände. Die Rune darauf soll möglicherweise das Kuckucksei symbolisieren.«

»So nach dem Motto: Weil du mir das Kind eines anderen unterjubeln wolltest, musstest du sterben«, ergänzte Meierhofer trocken.

Staudinger nickte.

»Genau. Aufgebahrt hat er sie, weil er sie trotz allem vergöttert hat. Er war in einem psychischen Ausnahmezustand, als er das alles geplant und durchgezogen hat. In einer wahnsinnigen Mischung aus Liebe und Hass.«

Meierhofer fuhr sich wieder einmal mit der Hand durch seinen Vollbart.

»Das klingt doch alles sehr wahrscheinlich. Solange wir Rupert Umhäus nicht in die Hände kriegen, sollten wir versuchen, diese Theorie durch Indizien zu verifizieren. Lass uns zur Ruine fahren. Wenn wir Glück haben, ist dort jemand, der sich daran erinnern kann, Luzia Eddelinger und Rupert Umhäus am 20. September auf der Ruine gesehen zu haben. Und Ulrike Umhäus knöpfen wir uns auch noch mal vor. Die Staatsanwältin informieren wir aber vorher noch über unsere Vorgehensweise. Vielleicht bekommen wir dann auch ein Okay für die Schriftproben-Sache. Außerdem würde ich auch gerne Luzia Eddelingers und Rupert Umhäus' Wohnung durchforsten.«

Staudinger bremste seinen Chef ein wenig: »Eins nach dem anderen, Hans. Wenn wir heute noch so viel vorhaben, sollten wir vielleicht erst mal eine Kleinigkeit essen. Was hältst du davon?«

Meierhofer schmunzelte.

»Wie heißt's so schön: Und führe mich nicht in Versuchung. Aber was Leichtes ist schon drin. Immerhin wird's heute wahrscheinlich noch ein langer Tag.«

Ein langer Tag. Ein sehr langer Freitag.

22

Der Nebel hatte sich verzogen und traumhaftem Herbstwetter Platz gemacht, als Meierhofer und Staudinger nach einem raschen, verspäteten Mittagessen auf dem Weg zur Ruine Aggstein waren. Wieder einmal konnte Meierhofer den idyllischen, herbstlichen Anblick genießen, während Staudinger sich darauf zu konzentrieren schien, die Strecke in einer neuen persönlichen Bestzeit zu schaffen.

Gerade hatten sie Rossatz hinter sich gelassen, und der Chefinspektor ging in Gedanken noch einmal durch, was Stefano und er im Büro besprochen hatten. Rupert Umhäus als Mörder seiner Verlobten, dieses Szenario schien immer wahrscheinlicher. Vom flüchtigen Tatverdächtigen fehlte weiterhin jede Spur. Und das, obwohl auf Europol und Interpol normalerweise Verlass war. Umhäus musste also ganz schön ausgefuchst sein.

Bevor sie zur Ruine aufgebrochen waren, hatten sich die beiden Kriminalbeamten noch einmal deren Website angesehen, um sicherzugehen, dass das beliebte Ausflugsziel überhaupt geöffnet war. Es war – bis Ende November. Einem herbstlichen Besuch der beeindruckenden Überreste der einst majestätischen Burg stand also nichts im Wege.

Staudinger stieg gerade, wie er das gerne tat, zu fest aufs Gas, weshalb der Wagen in einer der vielen Kurven ein wenig ins Schlingern kam.

»Wui, brems ein bisschen runter, Stefano. Ich möchte gerne noch meine Urenkel kennen lernen. Wenn Lukas allerdings so weitermacht, dauert es eh nur noch ein paar Jährchen. Ist anscheinend ein kleiner Aufreißer, mein Enkel«, entfuhr es dem Chefinspektor.

»Ganz der Opa halt«, konterte Staudinger grinsend.

»Ha! Ich und ein Aufreißer. Alles, was ich in meinem Leben aufgerissen habe, war Irene – und das eine oder andere Chipspackerl«, erwiderte Meierhofer, ebenfalls schmunzelnd.

»Irene war aber auch ein Spitzenfang, oder? Besser einmal im Leben einen echten Juwel finden als alle paar Jahre einen Halbedelstein«, meinte Staudinger, während er erneut das Gaspedal durchtrat.

Meierhofer seufzte. Was das Autofahren anging, war bei seinem Kollegen echt Hopfen und Malz verloren. Sobald er in einem schnellen Wagen saß, setzte seine Vernunft aus.

Das plötzliche Schrillen seines Handys riss den Chefinspektor aus den Gedanken.

»Meierhofer!«, bellte er unfreundlich. Er empfand einen Anruf eigentlich immer als Störung. Noch dazu an einem Freitagnachmittag.

Als er Roberta Zwigglis sanfte Stimme vernahm, wurde der Kriminalbeamte jedoch sofort um einiges freundlicher.

»Ah, hallo, Berta. Das ist aber eine Freude!«

Auch Staudinger horchte nun auf.

»Schalt den Lautsprecher ein«, flüsterte er.

Meierhofer tat, wie ihm geheißen.

»Hast du etwas herausgefunden, oder hattest du einfach nur Sehnsucht nach mir?«, flötete er daraufhin in freudiger Erwartung.

Die Berner Kriminalistin lachte laut auf.

»Ich mag dich zwar wirklich sehr gern, Hans, aber am Freitagnachmittag wüsste ich mir was Besseres zu tun, als einfach so mit dir zu tratschen.«

»Autsch, das hat jetzt aber wehgetan, meine Liebe«, erwiderte Meierhofer, ebenfalls lachend, »was hast du denn entdeckt? Stefano und ich platzen vor Neugier.«

»Guten Tag, Frau Zwiggli«, begrüßte Staudinger die Anruferin.

»Guten Tag, Herr Staudinger. Schade, dass ich kein Bildtelefon habe«, entgegnete diese in Anspielung auf das gute Aussehen des Gruppeninspektors, »ich rufe wegen Luzia Eddelinger an. Engelbert Eddelinger konnte ich noch nicht sprechen, da er gerade auf einer Auslandsreise ist, aber am Montag habe ich einen Termin bei ihm. Er ist ja kein unbeschriebenes Blatt, der Ex eurer Toten.«

»Das ist er tatsächlich nicht. Aber ob ihm auch ein Mord zuzutrauen ist?«, warf Meierhofer ein.

Eine kurze Pause sorgte für vollkommene Stille im Inneren des Wagens, dann erwiderte Roberta Zwiggli: »Das kann ich euch erst sagen, wenn ich mit ihm gesprochen habe. Aber was eure Tote und ihre Schweizreisen angeht, habe ich euch einiges zu berichten.«

»Dann schießen Sie mal los!«, drängte Staudinger, ungeduldig wie immer.

Roberta Zwiggli räusperte sich.

»Also, Luzia Eddelinger war in den letzten Monaten nicht nur ein Mal bei uns in Bern. Das erste Mal war sie vor etwas mehr als drei Monaten hier. Zur Scheidung von Engelbert Eddelinger. Sie hat die Beziehung zwar schon vor etwa zwei Jahren beendet und ist damals nach Österreich zurückgegangen, war aber bis vor Kurzem offiziell noch mit ihrem Ex verheiratet.«

Meierhofer und Staudinger blickten einander an. Beide dachten wohl dasselbe. Etwas mehr als drei Monate passte verdächtig ins Bild.

Die Berner Kriminalbeamtin war noch nicht fertig: »Vor ein paar Wochen war Luzia Eddelinger dann wieder hier. Sie ist übrigens beide Male im selben Hotel abgestiegen, und beide Male hat einer der Portiere, ein guter Bekannter von mir, sie mit ein und demselben Mann gesehen.«

»Mit Engelbert Eddelinger«, entfuhr es den beiden Kriminalbeamten zeitgleich.

»Exakt«, entgegnete Zwiggli, »ausgecheckt hat sie dann am 19. September. Also einen Tag vor ihrem Tod. Vom Hotel abgeholt hat sie damals übrigens auch ihr Exmann. Seltsam, findet ihr nicht auch?«

Ein zweistimmiges »Allerdings« war die Antwort.

Staudinger bog schwungvoll links ab und lenkte seinen Sportwagen geschmeidig den kurvigen Waldweg zur Ruine hinauf.

»Tja, das war's für's Erste, meine Herren. Sobald ich etwas Neues weiß, melde ich mich wieder bei euch. Salü!«

»Ciao!«

»Danke für alles, Berta! Und ein schönes Wochenende!«

»Danke, euch auch!«

Roberta Zwiggli beendete das Gespräch. Bei Meierhofer und Staudinger hinterließ ihr Anruf jede Menge Fragen. Immerhin hatte er Engelbert Eddelinger wieder ins Spiel gebracht.

*

»Ein Stückerl weiter könntest du aber schon noch fahren«, motzte Meierhofer, als Staudinger den Wagen am linken Straßenrand nahe einem besonders abschüssigen Waldstück parkte.

Der Gruppeninspektor ließ lautstark die Fahrertür zuknallen.

»Sonst noch was, alter Mann? Beweg' dich ruhig ein bisschen! Das Walken fällt heute Abend sowieso ins Wasser. Bei der Menge an Arbeit, die noch auf uns wartet.«

Meierhofer seufzte und begann schnaufend den Aufstieg zur Ruine. Dabei ließ er seinen Blick durch den bunt belaubten Wald rund um ihn schweifen. Er wäre die perfekte Filmkulisse gewesen. Für einen Fantasystreifen oder nachts beziehungsweise im Nebel für einen Krimi oder Horrorfilm. Momentan wurde der Wald jedoch vom Sonnenlicht durchflutet – eigentlich das perfekte Wanderwetter. Nicht zu heiß, aber trotzdem schön und trocken. Gerade war es also eher ein Heimatfilm, der hier seine ideale Kulisse gefunden hätte.

Der Chefinspektor fühlte sich ein wenig provoziert, als Staudinger locker flockig pfeifend an ihm vorbei spazierte. Kein Wunder, immerhin hatte sein junger Kollege nicht die geringsten Konditionsprobleme, aber musste er das so offen und deutlich zeigen?

Das »Ich geh' dann schon mal vor.«, das er seinem Chef kurz darauf entgegenflötete, brachte das Fass, zumindest innerlich, zum Überlaufen.

In diesem Moment beschloss Meierhofer, das Walken in nächster Zeit verstärkt anzugehen. Es konnte doch nicht sein, dass ihm das bisschen Bergaufgehen schon schwerfiel. Gut, er war nie eine Sportskanone gewesen, aber an seiner Kondition hatte es früher grundsätzlich nichts auszusetzen gegeben.

Fünf Minuten und einige Kurven später konnte der Chefinspektor endlich die Ruine sehen, die auf dem Gipfel des Felsens vor ihm thronte. Ein beeindruckendes, atemberaubendes Relikt aus früheren Zeiten. Ein Relikt, das zeigte, zu welch außergewöhnlichen Taten Menschen fähig waren. Wie viel Kraft, Energie und Zeit musste es wohl gekostet haben, diese riesige Burg zu bauen? Und das lange, bevor es modernes Bau-Equipment gegeben hatte.

Meierhofer durchströmte ein Glücksgefühl, als er sich dem Bänkchen näherte, auf dem Staudinger betont lässig auf ihn wartete. Er hatte das Ziel erreicht. Auch wenn es nicht gerade der Mount Everest war, war er nun doch ziemlich hoch oben und konnte so einen wirklich unglaublichen Blick über die Wachau genießen. Wieder einmal wurde dem Chefinspektor bewusst, was er sonst als alltäglich hinnahm: Es war eine verdammt schöne Gegend, in der sie lebten.

Staudinger, der nicht aussah, als hätte er sich gerade angestrengt, zeigte auf einen kleinen Ort unter ihnen.

»Schau mal, das ist Willendorf. Dort haben sie die üppige Venus gefunden.« Ein Seitenblick in Richtung Meierhofer und ein schelmisches Grinsen folgten.

Den kratzte das wenig.

»Ich weiß genau, was du damit sagen willst, mein Lieber. Ich finde die Venus von Willendorf schön. Viel interessanter als ihre dürre Kollegin vom Galgenberg, diese Fanny. Sie ist eben ein Zeichen für Fruchtbarkeit, die Venus von Willendorf.«

»Das passt ausnehmend gut zur Berkana-Rune, findest du nicht auch, Hans?«, meinte Staudinger, der plötzlich nachdenklich geworden war.

Auch Meierhofers Stimmung änderte sich schlagartig.

»Allerdings. Daran haben wir ja noch gar nicht gedacht. Weißt du, was mir da auch noch einfällt? Die Geschichte des Rosengärtleins. Du weißt schon, dieser Teil der Ruine Aggstein, dieser Balkon, von dem aus viele in den Tod gesprungen sind. Weil sie rausgesperrt wurden und nur die Wahl hatten, zu verhungern oder sich eben nach unten zu stürzen. Das war dann ein Todessturz.«

»Klingt so ähnlich wie Teufelssturz«, warf Staudinger ein.

»Und passt zur Art und Weise, wie Luzia Eddelinger gestorben ist«, ergänzte Meierhofer, »vielleicht haben wir es ja doch einfach mit einem Verrückten zu tun, der rituell morden wollte. Möglicherweise sind Rupert Umhäus und Engelbert Eddelinger unschuldig wie die Lämmchen.«

»Vorstellbar wäre es, Hans. Aber gleich wissen wir hoffentlich mehr. Hast du die Fotos dabei?«

Der Chefinspektor zog drei Fotos aus seiner Jackentasche. Das hübsche von Luzia Eddelinger und eines von Rupert Umhäus, die er beide aus deren Wohnung hatte mitgehen lassen. Außerdem auch einen Ausdruck des Engelbert-Eddelinger-Fotos, das Roberta Zwiggli ihnen mit dem Vorstrafenregister des Schweizers mitgeschickt hatte. Wie Umhäus war auch Engelbert Eddelinger ein gut aussehender Mann, allerdings war er bereits vierzig Jahre alt, also um einige Jährchen älter gewesen als seine mittlerweile tote Exfrau.

»Ich bin wie immer bestens ausgerüstet«, meinte Meierhofer grinsend. Beide wussten, dass dieser Satz nicht der Wahrheit entsprach. Immer wieder musste der Kriminalbeamte beweisen, dass er Meister im Improvisieren war, weil er etwas im Büro vergessen hatte.

»Gut, dann lass uns loslegen!« Staudinger ging auf die Kassa zu, die im Ruinen-Shop untergebracht war.

»Ein Erwachsener, eine Seniorenkarte?«, meinte der junge Mann, der dort die Stellung hielt, freundlich.

Meierhofer zog seinen Dienstausweis und entgegnete ein wenig zu scharf: »Nein, zwei Mal Kriminalpolizei. Wir hätten ein paar Fragen an Sie. Vorausgesetzt, Sie hatten auch Mitte beziehungsweise Ende September hier Dienst.«

Der junge Mann nickte.

»Ich sitze seit August hier – natürlich nicht durchgehend, aber immer wieder mal. Wie kann ich Ihnen helfen?«

»Haben Sie möglicherweise diese Dame hier gesehen? Sie müsste am 20. September hier gewesen sein«, meinte Meierhofer nun etwas milder, während er dem jungen Mann das Foto von Luzia Eddelinger entgegenstreckte.

Der überlegte nicht lange.

»Klar war die hier.«

Volltreffer!

»Wir hatten an diesem Tag eine Hochzeitsgesellschaft, und ich dachte, sie wäre die Braut. Weil sie so ein weißes Kleid anhatte. War sie aber nicht. Ich kann mich erinnern, dass wir das alle ziemlich seltsam fanden. Ich meine, wer geht schon Mitte September in einem weißen Brautkleid auf eine Ruine? Die meisten Leute haben Wanderkleidung an, wenn sie zu uns heraufkommen. War aber echt hübsch, die Gute. Wieso fragen Sie nach der? Ist ihr etwas passiert?«

Meierhofer verzichtete auf die Beantwortung der letzten Frage und stellte stattdessen eine Gegenfrage: »War sie alleine hier?«

Der junge Kassier schüttelte sofort vehement den Kopf.

»Nein, war sie nicht.«

Staudinger deutete auf die Fotos von Engelbert Eddelinger und Rupert Umhäus.

»Hat einer dieser beiden Männer sie begleitet?«

Eine lange Pause entstand. Meierhofers und Staudingers Gesprächspartner nahm die Fotos der beiden Verdächtigen genau unter die Lupe. Nach einer Weile schüttelte er erneut ein wenig ratlos den Kopf.

»Ich kann's echt nicht sagen. Ich mein', ich will ja hier keine Falschaussage machen. Kann schon sein, dass einer der beiden sie begleitet hat, aber wirklich wissen tu' ich's nicht. Alles, woran ich mich erinnern kann, ist, dass es zwei Frauen und ein Mann waren. Die Hübsche da, eine zweite Frau und ein Mann. Aber wie der Mann ausgesehen hat, weiß ich wirklich nicht mehr. Ich hab' eben eher auf die hübsche Frau geachtet. Das können Sie doch sicher verstehen?«

Meierhofer schon, Staudinger weniger.

»Gibt's vielleicht sonst noch etwas, an das Sie sich erinnern können?«, fragte der Chefinspektor nach.

Der Kassier zuckte mit den Schultern.

»Ich weiß eigentlich nur noch, dass die drei so gegen Mittag hier waren. Weil wir eben gedacht haben, dass sie zur Hochzeitsgesellschaft gehören, und die ist dann am frühen Nachmittag eingetrudelt. Sie haben den Eintritt bezahlt, waren aber, glaube ich, nicht allzu lange da. Im Shop haben sie nichts gekauft – oder – nein, stimmt nicht, ein Armband. Die Hübsche im Brautkleid hat sich ein Armband gekauft. Die anderen zwei haben nur unsere Holzschwerter und -äxte bewundert, aber gekauft haben sie dann nichts. Waren Nudeldrucker, das hab' ich gleich gemerkt.«

Staudinger hatte mittlerweile einen kleinen Notizblock gezückt und machte eifrig Notizen, während Meierhofer noch eine Frage hatte: »Wissen Sie vielleicht noch, ob die hübsche Frau im weißen Kleid das Armband gleich getragen hat?«

»Ja, sicher, das hat sie. Weil sie nämlich noch gemeint hat, dass es so schön zu ihrem Kleid passt.«

Interessant. Meierhofer und Staudinger durchsuchten gleichzeitig ihre Gehirne nach diesem Armband. War es bei der Leiche gefunden worden? Das Resultat des zweifachen intensiven Nachdenkens war das Gleiche: Nein, war es nicht. Luzia Eddelinger oder, besser gesagt, das, was von ihr übrig geblieben war, hatte keinerlei Schmuck getragen. Keinen Ring, keine Kette und auch kein Armband.

»Können Sie uns eines dieser Armbänder zeigen?«, fragte Staudinger, der immer noch Notizen machte, neugierig.

»Aber sicher.« Der Kassier drehte sich kurz weg, um wenig später einen Ständer hinter seinem Rücken hervorzuzaubern. Darauf befanden sich unzählige, zierliche Armbänder aus Glasperlen.

»So eines war's. Sind der Renner bei Mädchen und jungen Frauen.«

Meierhofer blickte Staudinger an. Der schüttelte den Kopf. Nein, bei Luzia Eddelingers Leiche hatte man mit Sicherheit keines dieser Armbänder gefunden. Wo war es also geblieben, dieses Armband? Und wer waren der Mann und die Frau gewesen, die das Mordopfer zur Ruine begleitet hatten? Ihre Eltern? Rupert Umhäus und seine Mutter? Engelbert Eddelinger und eine Unbekannte?

Eine Frage hatte der Chefinspektor nun noch: »Die beiden, die die hübsche Frau im weißen Kleid begleitet haben. Wissen Sie vielleicht noch, ob die schon etwas älter waren?«

»Sie meinen, so in Ihrem Alter?«, erwiderte der junge Mann.

Meierhofer legte die Stirn in Falten, während Staudinger ein Lächeln auskam.

»Ja, etwa in seinem Alter«, antwortete der Gruppeninspektor grinsend.

Der Kassier zuckte erneut mit den Schultern.

»Nicht böse sein, aber ich weiß es wirklich nicht mehr. Ich habe, wie gesagt, nur auf die hübsche Junge geachtet. An sie kann ich mich erinnern. Was die anderen beiden angeht, ist das alles einfach schon zu lange her. Wahnsinnig beeindruckt haben sie mich anscheinend nicht, sonst hätte ich mir gemerkt, wie sie ausgesehen haben. Beeindruckend war nur die da.«

Er deutete auf das Foto von Luzia Eddelinger, das immer noch vor ihm lag.

»Okay, danke. Sie haben uns auf alle Fälle weitergeholfen. Auf Wiedersehen«, verabschiedete Meierhofer sich. Fürs Erste reichte ihm das.

Staudinger nickte dem hilfsbereiten Kassier zu, griff nach Luzia Eddelingers Foto und wandte sich dann ebenfalls ab. Sie hatten einiges erfahren. Aber dennoch weniger, als sie gehofft hatten. Luzia Eddelinger war am Tag ihres Todes hier gewesen. In Begleitung eines Mannes und einer Frau. Und sie hatte sich ein Armband gekauft, das man nicht bei der Leiche gefunden hatte. Hatte ihr Mörder, oder – was nun wohl wahrscheinlicher war – hatten ihre Mörder es eingesteckt? War es möglicherweise ein Schlüssel zur Lösung des Rätsels? Eines Rätsels, das immer komplizierter zu werden schien.

23

Zurück im Büro, waren Meierhofer und Staudinger die Einzigen, die an diesem späten Freitagnachmittag noch die Stellung hielten. Trotzdem waren sie erstaunlich motiviert. Der Fall Luzia Eddelinger ließ sie nicht mehr los. Er gestaltete sich ähnlich der momentanen Wetterlage: Der Nebel, der sich immer wieder ein wenig zu lichten schien, fiel augenblicklich wieder ein, ohne bestimmte Vorzeichen, als wolle jemand sie ärgern. Momentan war es, was den Fall anging, wieder ziemlich nebelig.

»Weißt du, was mich beschäftigt, Hans? Die Sache mit Engelbert Eddelinger. Also, die Tatsache, dass Luzia bis vor etwas mehr als drei Monaten noch mit ihm verheiratet war. Etwas mehr als drei Monate! Luzia Eddelinger war im dritten Monat schwanger, als sie gestorben ist. Das könnte sich doch ausgehen, oder?«, meinte Staudinger, der sich gerade einen Pfefferminztee machte, weil ihm kalt war.

Meierhofer platzierte seine Hans-Tasse auf der Espressomaschine, die er so liebte, und erwiderte: »Du meinst, Engelbert Eddelinger könnte der Vater des Kindes gewesen sein?«

Staudinger ließ zwei Stück Würfelzucker in seine Teetasse fallen.

»Genau. Wäre doch nicht das erste Mal, dass so etwas passiert. Ich meine, spontaner Abschiedssex nach einer Scheidung. Möglicherweise war der dann ja etwas zu spontan, weshalb Luzia Eddelinger schwanger geworden ist.«

Der Chefinspektor, der so etwas wie spontanen Abschiedssex nie in Erwägung gezogen hätte, meinte etwas skeptisch: »Ich weiß nicht, Stefano. Wenn ich mich von jemandem scheiden lasse, dann hüpfe ich doch nicht noch einmal mit dieser Person in die Kiste. Schon gar nicht am Tag der Scheidung oder eben kurz darauf.«

Der Gruppeninspektor griff nach der Teetasse und ging zurück zu seinem Schreibtisch, machte es sich auf dem Drehsessel bequem und legte die Füße gemütlich auf den Tisch.

»Wenn du wüsstest, wie viele Leute ich kenne, die schon mal was mit ihrem Ex angefangen haben. Jede Menge – und nicht nur Männer. Das erleichtert den Abschied. Man zieht so einen endgültigen Schlussstrich.«

Staudinger bemerkte Meierhofers amüsierten Blick, weshalb er rasch anfügte: »Hab' ich mir sagen lassen.«

Mittlerweile war auch der Chefinspektor in seinen Sessel geplumpst. Allerdings konnte er seine Füße nicht auf seinem Schreibtisch platzieren, da auf diesem das übliche Chaos herrschte.

»Na gut, meinetwegen, also gehen wir davon aus, dass diese Abschiedssex-Variante nicht allzu abwegig ist. Welche Bedeutung hätte es für uns, wenn Engelbert Eddelinger der Vater des Kindes gewesen wäre?«

Staudinger überlegte nicht lange: »Ich denke, es macht ihn verdächtiger. Ich könnte mir gut vorstellen, dass Luzia Eddelinger vor ihrem Tod in die Schweiz gereist ist, um ihrem Exmann davon zu berichten, dass er Vater werden würde. Der war wahrscheinlich nicht gerade begeistert davon, Papa des Kindes seiner Ex zu werden. Vielleicht hat sie ihn deshalb ja auch finanziell unter Druck gesetzt, oder er hatte mittlerweile eine neue Partnerin, die nichts von seinem Fehltritt nach der Scheidung erfahren sollte. So in die Richtung.«

Meierhofer nickte.

»Na ja, und dann wollte er sie eben loswerden und hat sie umgebracht«, beendete Staudinger die Ausführung seiner Hypothese.

»Das Motiv sehe ich auch, Stefano, aber die Art und Weise, wie Luzia Eddelinger umgebracht wurde, die passt für mich nicht dazu. Warum würde Engelbert Eddelinger mit ihr in die Wachau fahren, um sie zu töten? Er hätte sie doch ganz einfach in Bern um die Ecke bringen können.«

»Stimmt«, der Gruppeninspektor seufzte frustriert, »ich glaube, wir stehen momentan echt an, Hans. Lass uns am besten weitersuchen. Irgendwo muss es ja sein, dieses eine Puzzleteil, das plötzlich alles ganz klar und deutlich macht. Was meinst du, sollen wir Ulrike Umhäus besuchen? Das ginge sich doch noch schön aus. Und dann ab ins Wochenende!«

Meierhofer erhob sich gemächlich.

»Auf zu Ulrike Umhäus! Aber das mit dem Wochenende kannst du knicken, wie Lukas sagen würde. Zumindest morgen möchte ich an dem Fall weiterarbeiten. Immerhin können wir nicht sicher sein, dass wir es nicht mit irgendeinem Wahnsinnigen zu tun haben, der gerne Schwangere umbringt und sich schon sein nächstes Opfer sucht. Die Gefahr besteht zumindest theoretisch. Also ich ermittle weiter. Du musst mir natürlich nicht dabei helfen, aber ich wäre dir auch nicht böse, wenn du mir Gesellschaft leisten würdest.«

»Du glaubst nicht wirklich, dass ich dich alleine weiterarbeiten lassen würde, alter Mann? Das Risiko, dass du ohne mich irgendeinen Schas drahst gehe ich nicht ein. Allerdings komm' ich morgen sicher nicht vor neun ins Büro, okay?« Staudinger hatte sich mittlerweile seine Jacke geschnappt und hielt seinem Chef nun die Tür auf.

»Mit neun kann ich leben«, antwortete dieser schmunzelnd, »und wenn ich eines grundsätzlich nicht tue, dann ist das einen Schas drahn, junger Mann!«

Lachend verließen die beiden Kriminalbeamten die Außenstelle des Landeskriminalamtes Niederösterreich. Ein Lachen, das ihnen bald vergehen würde.

*

»Ah, der Herr Kommissar und sein junger Kollege. Gibt's etwas Neues von meinem Sohn?«, begrüßte Ulrike Umhäus die beiden

Kriminalbeamten erstaunlich freundlich. Das klang nicht gerade nach jemandem, der Dreck am Stecken hatte. Möglicherweise war die üppige Dame, die in ihrem schwarzen Hauskleid noch kurviger aussah als bei ihrem letzten Zusammentreffen, aber auch nur eine gute Schauspielerin.

»Das wollten wir eigentlich Sie fragen, Frau Umhäus«, erwiderte Meierhofer, den Kommissar ignorierend, »dürfen wir kurz reinkommen?«

Ulrike Umhäus trat einen Schritt zur Seite und machte eine einladende Geste.

»Aber natürlich dürfen Sie das. Kann ich Ihnen etwas anbieten? Einen Kaffee vielleicht?«

Der Chefinspektor, der eigentlich genau wusste, dass er sein Koffeinlimit heute schon überschritten hatte, aber immer neugierig war, wie der Kaffee anderer Leute schmeckte – das sagte in seinen Augen auch etwas über deren Persönlichkeit aus –, nickte.

»Ein Kaffee wäre toll, Frau Umhäus, danke.« Staudinger murmelte lediglich: »Für mich nichts, danke.«

Während Ulrike Umhäus in Richtung Küche abbog, meinte sie: »Gehen Sie doch einfach grade durch ins Wohnzimmer. Mein Mann ist leider im Moment nicht zuhause, aber er kommt bald. Er ist gerade beim Klettern. In der Halle natürlich. Draußen ist es ja um diese Tageszeit schon viel zu kühl dafür.«

Die beiden Kriminalbeamten warfen einander vielsagende Blicke zu, während sie auf einer bequemen bunten Stoffcouch Platz nahmen. Umhäus senior war ein Kletterer. Da standen doch die Chancen nicht so schlecht, dass auch sein Sohn diesem immer beliebter werdenden Hobby frönte.

»Ach, Ihr Mann klettert? Da haben wir was gemeinsam. Ist seit Jahren mein Lieblingssport, das Klettern. Man kann dabei so schön abschalten, finde ich«, log Staudinger.

Ulrike Umhäus, die in der Küche beschäftigt war, rief zurück: »Das sagen Rupert und Peter, das ist mein Mann, auch immer. Die beiden sind ja den ganzen Sommer über auf irgendwelchen

Felsen unterwegs, und im Winter gehen sie dann in die Halle.« Eine kurze Pause entstand. »Oder, besser gesagt, gingen sie, wer weiß, ob mein Rupert je wieder nachhause kommt. Er ist jetzt schon so lange weg, der Bub.«

Bingo! Rupert Umhäus war ein Kletterer. Allerdings schien es immer unwahrscheinlicher, dass seine Mutter etwas mit der Tat zu tun hatte. Hätte sie ihnen sonst so offen von dem Hobby ihres Sohnes erzählt?

Staudinger beruhigte die verzweifelte Mutter: »Ihr Sohn ist erwachsen, Frau Umhäus. Ihm wird schon nichts passiert sein. Schlimm ist nur, dass er sich mit seiner Flucht verdächtig macht. Selbst wenn er nichts mit dem Tod seiner Verlobten zu tun hat, wovon wir natürlich ausgehen, macht es kein gutes Bild, dass er untergetaucht ist. Das verstehen Sie doch, Frau Umhäus, nicht wahr?«

Meierhofer musste sich ein Schmunzeln verkneifen. Stefanos schauspielerisches Talent war durchaus beeindruckend. Die Rolle des Good Cops, die sonst eher der Chefinspektor übernahm, stand ihm ausnehmend gut.

Ulrike Umhäus kam mit einem wunderschön anzuschauenden Latte-macchiato-Glas in den Händen ins Wohnzimmer.

»Ich habe Ihnen einen Latte macchiato gemacht, ich hoffe, das ist okay für Sie, Herr Kommissar«, murmelte sie, als sie Meierhofer das Glas entgegenstreckte.

Der war beeindruckt und nun vollends davon überzeugt, dass Ulrike Umhäus unschuldig war. Wer ihm intuitiv einen Latte macchiato machte, konnte nur ein guter Mensch sein.

»Danke schön, der ist perfekt, Frau Umhäus. Haben Sie denn gar nichts von Ihrem Sohn gehört?«

Die Mutter des flüchtigen Verdächtigen schüttelte traurig den Kopf.

»Nein, überhaupt nichts. Ich mache mir große Sorgen um ihn. Wissen Sie, er ist doch mit Sicherheit unschuldig, also verstehe ich nicht, wieso er verschwunden ist. Ich denke einfach, dass ihn das alles zu sehr mitnimmt. Hoffentlich hat er sich nichts angetan.«

Meierhofer, der bereits einen ersten Schluck des himmlischen Latte macchiatos getrunken hatte, beschloss, gleich zur Sache zu kommen: »Ich denke nicht, dass Sie sich diesbezüglich Sorgen machen müssen, Frau Umhäus. Versprechen Sie uns nur, dass Sie uns Bescheid geben, falls Ihr Sohn sich doch noch meldet. Sie müssen ihn davon überzeugen, dass es das Beste ist, wenn er zurückkommt.«

Ulrike Umhäus nickte folgsam.

»Aber, weshalb wir eigentlich hier sind, Frau Umhäus. Wäre es für Sie in Ordnung, uns eine DNA-Probe zu geben? Ihre Fingerabdrücke haben Sie den uniformierten Kollegen ja bereits am Tag des Einbruchs zur Verfügung gestellt, deshalb dachten wir, eine DNA-Probe stellt für Sie sicher auch kein Problem dar. Sie würden uns damit sehr weiterhelfen.«

Ulrike Umhäus schien nicht im Geringsten erstaunt zu sein: »Ich helfe, wo ich kann, Herr Kommissar. Natürlich können Sie eine DNA-Probe von mir haben. Ich bin mir keiner Schuld bewusst. Genau wie mein Sohn, der mit Sicherheit ebenfalls unschuldig ist.«

Während Staudinger sich um die DNA-Probe kümmerte, trank Meierhofer genüsslich den Kaffee aus. Dabei ging ihm alles Mögliche durch den Kopf. Immer mehr kam er zu dem Schluss, dass Ulrike Umhäus nicht die Komplizin ihres Sohnes sein konnte. Wenn Rupert Umhäus hinter dem Mord an Luzia Eddelinger steckte, ein Verdacht, der sich durch die Tatsache, dass er ein Kletterer war, noch erhärtete, dann hatte er wohl eine andere Komplizin gehabt. Oder aber, Ulrike Umhäus hatte die Ruine mit ihrem Sohn und seiner Verlobten besucht, war dann nachhause gefahren, und das Drama hatte sich ohne sie abgespielt.

»Waren Sie in der letzten Zeit irgendwann mal auf der Ruine Aggstein, Frau Umhäus?«, fragte der Chefinspektor, um diese Theorie zu überprüfen.

Ulrike Umhäus schien erstaunt.

»Aggstein? Nein, auf der Ruine war ich schon seit Ewigkeiten nicht mehr. Genauer gesagt, seit der Erstkommunion meiner Nichte, und die ist mittlerweile zwanzig Jahre alt.«

Das klang nach einer ehrlichen Antwort. Ulrike Umhäus schien wirklich nichts mit der Ermordung ihrer zukünftigen Schwiegertochter zu tun zu haben. Wenn die DNA-Analyse ergeben würde, dass es nicht ihr Blut und ihre Hautschuppen waren, die man auf dem Ring des grauen Ordners entdeckt hatte, konnten sie wohl endgültig ausschließen, dass sie in die Tat verwickelt war. Ihr Sohn war damit allerdings noch nicht aus dem Schneider. Der wurde immer noch von Europol und Interpol gesucht.

Meierhofer warf seinem Kollegen den üblichen *Ich glaube, das war's fürs Erste*-Blick zu. Der nickte. Beide waren müde, und Ulrike Umhäus machte nicht den Anschein, als ob sie bereits ihre Flucht plante. Sie würden also ein anderes Mal auf sie zurückgreifen können, wenn es noch Fragen geben sollte.

»Danke für Ihre Kooperationsbereitschaft, Frau Umhäus. Auf Wiedersehen!«, verabschiedete sich Staudinger.

Der Chefinspektor fügte noch hinzu: »Und denken Sie daran, Ihren Sohn davon zu überzeugen, dass es besser ist, nachhause zu kommen. Falls er mit Ihnen Kontakt aufnehmen sollte.«

»Natürlich, Herr Kommissar. Ich will ja auch, dass er nachhause kommt.«

24

Sie waren gerade auf dem Rückweg von Hadersdorf, wo Ulrike Umhäus mit ihrem Mann lebte, als Meierhofers Handy klingelte. Zum zweiten Mal an diesem Tag während einer Autofahrt mit Staudinger.

Dieses Mal war es allerdings nicht Roberta Zwiggli, die ihnen die Fahrt verkürzte, sondern ein Kremser Kollege der beiden.

»Nein, das gibt's ja nicht. Sind Sie sicher?«

Staudinger merkte an Meierhofers Tonfall sofort, dass etwas nicht stimmte.

»Gut, wir kommen gleich. Wiederhören.«

»Wir müssen nach Stein, Stefano. Der Feierabend muss warten«, war alles, was der Chefinspektor seinem Kollegen als Erklärung lieferte.

Als sie in Stein, genauer gesagt, am Kreisverkehr Förthof eintrafen, sahen sie schon von Weitem die Lichter der Einsatzfahrzeuge. Rettung, Feuerwehr, Polizei – alles war anwesend. Kein Wunder, immerhin hatte man ein Auto aus der Donau ziehen müssen.

Staudinger parkte seinen Sportwagen ein Stück vom Unfallort entfernt. Die beiden Inspektoren näherten sich dem Donauufer zu Fuß. Obwohl es ein klarer Abend war und der Nebel heute auszubleiben schien, war es empfindlich kalt geworden. Das bemerkte vor allem der Chefinspektor, der im Gegensatz zu seinem Kollegen keine Jacke trug.

»Sie können da nicht durch. Bitte gehen Sie! Schaulustige können wir hier wirklich nicht gebrauchen!«, pfauchte eine junge Feuerwehrfrau die beiden Inspektoren an. Verständlicherweise, immerhin hatten sich auch hier bereits die üblichen Schaulustigen eingefunden – die, die lieber gafften als halfen.

Meierhofer zog seinen Dienstausweis und erwiderte freundlich: »Wir sind von der Kripo. Mein Name ist Meierhofer, und das hier ist mein Kollege Staudinger.«

Letzterer ließ seinen Ausweis stecken. Man war ja hier unter Kollegen.

»Oh, entschuldigen Sie bitte, Herr Inspektor, das wusste ich nicht«, murmelte die Feuerwehrfrau, der die Situation etwas unangenehm zu sein schien.

Der Chefinspektor lächelte sie an.

»Bitte, bitte, Sie müssen sich doch nicht entschuldigen. Ich kann nur zu gut verstehen, dass Ihnen die Schaulustigen auf die Nerven gehen. Ich finde die auch immer lästig. Können wir einen Blick auf die beiden Verunglückten werfen?«

Die junge Frau legte ihre hübsche Stirn in Falten.

»Ich denke schon. Sie sind beide ohne Bewusstsein. Der Notarzt meinte, dass sie vielleicht was eingeworfen haben. Zumindest die Beifahrerin. Am Leben sind aber beide noch. Obwohl sie das wahrscheinlich nicht so geplant hatten. Sieht nach einem Selbstmordversuch aus. Immerhin haben Augenzeugen berichtet, dass der Fahrer des Wagens plötzlich direkt auf die Donau zugehalten hat. Das war kein Unfall, wenn Sie mich fragen. Aber am besten sprechen Sie mit Ihren Kollegen. Die können Ihnen wahrscheinlich noch mehr sagen.«

»Machen wir, danke«, meinte Meierhofer, während er auf die zwei Rettungswagen zuging, in denen die beiden Opfer erstversorgt wurden.

»Glaubst du, dass sie sich umbringen wollten, weil sie ein schlechtes Gewissen haben?«, flüsterte Staudinger, der nicht so recht glauben konnte, was hier gerade passierte.

Meierhofer zuckte mit den Schultern. Das hatte er sich die gesamte Fahrt von Hadersdorf hierher auch gefragt. Möglich war es schon. Vielleicht steckten ja doch sie beide hinter Luzia Eddelingers Tod.

»Ah, Hans, grüß dich. Ich habe gehört, unsere beiden Unfallopfer hier könnten dich interessieren, weil sie möglicherweise etwas mit einem Mordfall zu tun haben?«, begrüßte der Notarzt den Chefinspektor. Letzterer überlegte fieberhaft, wie der Arzt mit Vornamen hieß, aber es wollte ihm partout nicht einfallen.

»Allerdings. Sind es sicher die Gilgens?«, fragte Meierhofer nach.

Der Notarzt nickte.

»Ja, ganz sicher. Unter den Helfern sind auch Weißenkirchener, die haben sie sofort identifiziert. Ich hab' auch schon von ihnen gehört. Jeder kennt die beiden Gilgens. Die sind im Ort bekannt wie bunte Hunde. Er ist Historiker, ein schräger Kerl, beschäftigt sich mit Vorliebe mit den Kelten und Germanen. Hat auch ein Faible für Runen und alte Kulte und so. Böse Zungen behaupten ja, dass er in seinem Garten immer wieder Tiere opfert. Sie ist so eine scheinheilige Kirchenmaus. Also nicht wirklich gläubig, aber jeden Sonntag in der Kirche. Eine besonders Anständige, versucht sie ihrer Umwelt zumindest zu vermitteln. Der Mordfall, in dem ihr ermittelt, da geht's um die Tochter der beiden, oder?«

Der Notarzt wartete erst gar nicht auf eine Antwort.

»Die haben die zwei schon vor ein paar Jahren verstoßen. Kein Wunder, dass die Luzia irgendwann angefangen hat, gegen ihre Eltern zu rebellieren. Hat damals keiner verstanden, dass sie sich ganz von ihr abgewandt haben. Sind schon seltsame Leute, diese Gilgens. Ich glaube ja, dass sie irgendetwas genommen haben, bevor sie sich ins Auto gesetzt haben. Sie auf alle Fälle, bei ihm bin ich mir nicht so sicher. Ich denke, dass sie auf Schlafmitteln ist. Die beiden waren nicht lange im Wasser, weil sofort einige der Augenzeugen in die Donau gesprungen sind, um ihnen zu helfen. Es gibt echt noch Helden, sage ich dir, Hans. Trotzdem sind beide total hinüber. Ich hab' sie jetzt so weit stabilisiert. Wir bringen sie ins Kremser Krankenhaus. Hoffentlich überleben sie's. Wenn ich mehr weiß, gebe ich euch Bescheid.«

»Danke, Herr Doktor«, meinte Staudinger, während Meierhofer

dem Arzt einfach nur zunickte. Er wusste schließlich nicht, wie dieser hieß, und ein »Danke, du« wäre wohl nicht so gut gekommen.

»Luzia Eddelingers Vater ist ein Historiker, der sich mit Runen auskennt, na, wenn das nicht passt«, murmelte Staudinger schließlich ein wenig ungläubig, »sie müssen es gewesen sein. Die beiden haben ihre Tochter umgebracht und konnten nun nicht verkraften, was sie getan haben. Deshalb wollten sie sich selbst das Leben nehmen. Macht doch Sinn, was meinst du, Hans?«

Hans meinte gar nichts. Ihm ging das alles zu schnell. Ihre Hauptverdächtigen änderten sich in diesem Fall ja häufiger, als er seine Unterhosen wechselte. Das musste er erst verdauen. Immer, wenn er sich sicher war, zu wissen, was hinter dem Mord an Luzia Eddelinger steckte, passierte irgendetwas Neues, das seine Überzeugung ins Wanken brachte. Und das Schlimmste daran war, dass jede ihrer bisherigen Vermutungen durchaus plausibel war.

»Ich weiß überhaupt nicht mehr, was ich glauben soll, Stefano. Ich denke, wir sollten mit den Kollegen sprechen und dann nachhause fahren. Für heute reicht's dann wirklich. Mir brummt schon der Schädel.«

Das konnte Staudinger nur allzu gut nachvollziehen. Es war ein langer Tag gewesen. Und irgendwann konnte man einfach nicht mehr richtig klar denken.

»Guten Abend, Herr Chefinspektor Meierhofer. Gruppeninspektor Staudinger.« Der uniformierte Kollege, der sich gerade einige Notizen machte, nickte den beiden Kriminalbeamten höflich zu. Ihm war anzusehen, dass auch er müde war.

»Guten Abend, Herr Kollege. Können Sie uns kurz über das, was hier passiert ist, ins Bild setzen?«, erwiderte Staudinger gespannt.

»Aber sicher kann ich das. Also, wir sind verständigt worden, weil Autofahrer beobachtet haben, wie dieser Wagen hier, aus der Wachau kommend, plötzlich rechts aus dem Kreisverkehr rausgefahren und ungebremst in Richtung Donau gerast ist. Als wir hier eingetroffen sind, war die Feuerwehr bereits damit beschäftigt, das Auto aus dem Fluss zu ziehen. Die beiden Insassen, Raimund und Gisela Gilgen, wurden bereits zuvor geborgen. Von einigen Freiwilligen, die den Unfall, wenn wir es einmal so nennen wollen, beobachtet haben. Das Auto ist auf Raimund Gilgen gemeldet, Personalausweise hatten sie auch eingesteckt, außerdem wurden sie von einigen Feuerwehrleuten identifiziert, wir können also sicher sein, dass es sich bei den beiden zum momentanen Zeitpunkt nicht ansprechbaren Personen um die Gilgens handelt. Ich gehe aber davon aus, dass es kein Unfall war, sondern ein doppelter Selbstmordversuch«, sprudelte es aus dem Polizisten heraus.

»Wieso denken Sie, dass es ein doppelter Selbstmordversuch war?«, hakte Staudinger interessiert nach.

»Einerseits, weil der Notarzt gemeint hat, dass ihm die beiden Gilgens, vor allem aber die Frau, wie auf Drogen oder Medikamenten vorkommen. Andererseits, na ja, kommen Sie doch einfach mit«, der Polizist geleitete die beiden Kriminalbeamten zum Auto der Gilgens, das wohl noch nie zuvor so gründlich gewaschen worden war, »und schauen Sie, was da an der Heckscheibe klebt.«

Meierhofer und Staudinger starrten ungläubig auf die Heckscheibe des dunklen Audis. Daran klebte ein Schreiben, das von innen festgemacht worden war. Es handelte sich um ein laminiertes A4-Blatt, auf dem in roten Lettern, die verdächtig nach Edding aussahen, stand:

Wir gehen als Sünder von dieser Welt.
Möge Gott uns unsere Schuld vergeben.

25

Meierhofer hätte nie gedacht, dass ihm gebratene Putenstreifen auf Blattsalat mit Vollkornbrot und Topfenaufstrich so gut schmecken würden. Aber sie taten es nach diesem langen, anstrengenden und schockierenden Arbeitstag.

Immer wieder sah der Chefinspektor die Bilder der Unfallstelle vor sich, auch wenn er sich redlich bemühte, die Arbeit Arbeit sein zu lassen. Es klappte nicht. Der Selbstmordversuch der Gilgens, oder was auch immer dieser Sturz in die Donau gewesen war, ließ ihn nicht los.

Trotzdem war der Hunger momentan stärker als die Gedanken, die Meierhofer beinahe quälten.

»Das ist köstlich, Irene, wirklich. Krieg' ich dann noch einen Teller?«, fragte der Chefinspektor hoffnungsvoll, während er eine Riesenportion Salat mit Pute in seinen Mund stopfte.

Seine bessere Hälfte erwiderte vergnügt schmunzelnd: »Ja, davon kannst du einen zweiten Teller haben. Wie es aussieht, hast du heute noch nichts zu essen bekommen, armer Mann.«

Meierhofer strich sich eine dicke Schicht des Kräutertopfens auf das frische Vollkornbrot und biss dann genüsslich ab. Das war wirklich gut! Es war zwar kein Hirschbraten mit Semmelknödeln und Soße, auch kein deftiges Cordon bleu und kein Surbraten, aber es war gut. Machte satt und schmeckte auch nach etwas. Mit dieser Diät konnte er sich für einige Zeit abfinden.

»Ich hab' heute wirklich noch nicht viel gegessen, Schatz. Dieser Mordfall, der fordert uns ganz schön. Heute haben sie die Eltern der Toten aus der Donau gezogen. Anscheinend wollten sie sich umbringen.«

»Sich umbringen? Meinst du etwa, sie stecken hinter dem Mord an ihrer Tochter? Aber wer bringt denn sein eigenes Kind um?«, entfuhr es Irene.

»Ich weiß eigentlich gar nicht mehr, was ich glauben soll. Immer, wenn ich mir sicher bin, dass ich den Täter im Visier habe, passiert irgendetwas Unerwartetes. Ich hab' keine Ahnung, wer diese junge Frau getötet hat. Obwohl es momentan natürlich so aussieht, als ob ihre Eltern sie auf dem Gewissen haben könnten. Na ja, wir werden morgen einiges überprüfen müssen. Vielleicht kommen wir unserem Ziel dann zumindest ein bisschen näher.«

Meierhofer dachte dabei vor allem an das seltsame Schreiben, das an der Heckscheibe des Autos festgeklebt worden war. Es lag im Büro. Morgen würde er versuchen, einen Grafologen zu finden, der ihm sagen konnte, ob es von derselben Person geschrieben worden war, wie der Teufelssturz-Schriftzug. Auf den ersten Blick hatten weder er noch Stefano eindeutig sagen können, ob es dieselbe Schrift war oder nicht.

Während der Chefinspektor ein paar Cherrytomaten, die Irene unter die Blattsalate gemischt hatte, auf seine Gabel aufspießte und zum Mund führte, fiel ihm auf, dass sich der Gesichtsausdruck seiner Gattin massiv geändert hatte. Er legte innerlich die Ohren an. Ein derartiger Mimikwechsel bedeutete nichts Gutes.

»Morgen?! Ich glaube, ich höre nicht recht?! Hast du etwa vergessen, dass wir zwei morgen Vormittag einkaufen gehen? Wir müssen dir doch einen Anzug kaufen, weil der alte nicht mehr richtig passt.«

Irenes vorwurfsvoller Blick unterstrich ihre scharfen Worte in eindrucksvoller Art und Weise.

Natürlich! Den Anzugkauf hatte er komplett vergessen. Meierhofer hasste Anzüge, so wie er alles hasste, was ausgesprochen unbequem war. Aber bei einer Hochzeit konnte man eben nur im Anzug auftreten und nachdem Irenes Nichte übernächstes Wochenende heiraten wollte, blieb ihm der Anzugkauf wohl nicht erspart.

Der Chefinspektor versuchte, möglichst schuldbewusst dreinzusehen, als er antwortete: »Entschuldige, Schatz, das hätte ich wirklich vergessen. Weißt du was, wir fahren gleich am frühen Vormittag nach Krems, kaufen den Anzug, und ich geh' dann noch für ein paar Stündchen ins Büro, einverstanden?«

Irenes Mimik änderte sich kaum. Also setzte Meierhofer nach: »Stefano hat extra seine Wochenendpläne gestrichen, nur um an dem Fall weiterarbeiten zu können. Ich kann ihn doch nicht im Stich lassen.«

Wie immer, wenn die Rede auf den attraktiven Halbitaliener kam, wanderte ein Lächeln über Irenes Gesicht. Wie er selbst hatte sie seinen jungen Kollegen während der letzten beiden Jahre sehr ins Herz geschlossen.

»Na gut, machen wir es so. Aber ein kleiner Kaffee in der Altstadt muss drin sein, bevor du dich wieder in die Arbeit stürzt.«

Nun schmunzelte auch der Kriminalbeamte, im Gegensatz zu seiner Gattin allerdings ziemlich schelmisch.

»Gegen einen Kaffee habe ich nie etwas einzuwenden, meine Liebe, den trinke ich, wenn es sein muss, sogar mit dir.«

Irene lachte laut auf. Ein Lachen, in das Meierhofer erleichtert einfiel. Bis er plötzlich an seinen Enkel denken musste.

»Wo ist eigentlich Lukas?«

Irene hörte ebenfalls zu lachen auf.

»Das habe ich dir ja noch gar nicht erzählt. Marianne war heute Nachmittag da. Sie hat Lukas angefleht, endlich wieder nachhause zu kommen.«

Auf der Stirn des Chefinspektors machten sich tiefe Falten breit.

»Und, wie hat er reagiert?«, fragte er besorgt nach.

»Er hat Verhandlungstalent, unser Enkel. Ich hab' mich ja aus dem Gespräch herausgehalten, immerhin geht es uns eigentlich nichts an, was Marianne und Karl treiben, die beiden sind schließlich erwachsen, aber mein Einschreiten wäre auch gar nicht nötig gewesen. Lukas hat seiner Mutter klargemacht, dass er nur mit nachhause kommt, wenn sie und Karl die ewigen Streitereien einstellen. Er hat sogar gemeint, dass es ihm lieber ist, sie trennen sich, als sie streiten ständig, weil er das eben nicht mehr aushält. Marianne hat dann gesagt, dass sie und Karl sich ausgesprochen hätten und einen Neustart wagen wollen. Weil ihnen ihre Familie zu wichtig ist und sie sich ja trotz allem sehr lieben. So oder so ähnlich hat sie es ausgedrückt. Auf alle Fälle sind sich die beiden dann in die Arme gefallen, da habe ich dann schon mit den Tränen kämpfen müssen. Lukas hat seine Sachen gepackt und ist mit Marianne nachhause gefahren. Ich glaube, die drei kriegen das wieder hin.«

»Schön«, war Meierhofers einziger Kommentar. Obwohl er natürlich froh darüber war, dass seine Tochter und sein Schwiegersohn anscheinend wieder zur Vernunft gekommen waren, spürte er schon jetzt, dass er Lukas vermissen würde. Es war schön gewesen, wieder etwas junges Leben im Haus zu haben. Aber er würde ja weiterhin einmal wöchentlich kommen. Dann, wenn er Nachmittagsunterricht hatte.

Irene griff nach seiner Hand.

»Mir geht er auch ab, Hans, aber sieh es mal so, jetzt haben wir wieder unser Bad für uns.«

Unglaublich, wie Irene manchmal seine Gedanken lesen konnte. Ob das bei allen Paaren, die schon eine Ewigkeit gemeinsam durchs Leben gingen, so war?

Meierhofer versuchte es mit einem Scherz, um die Stimmung wieder aufzulockern: »Das heißt, wir können ungeniert miteinander in die Badewanne hüpfen?«

Irene nahm den Ball auf: »Erstens sind wir fürs Hüpfen schon ein wenig zu alt, Hans, und zweitens bezweifle ich, dass wir zu zweit in die Wanne passen, was natürlich nicht an mir, sondern ausschließlich an dir liegt.« Sie machte eine kurze Pause, bevor sie ein »Ich hab' dich lieb, alter Mann« anfügte.

»Ich dich auch«, erwiderte Meierhofer. »Ich dich auch.«

*

»Also, der steht Ihnen hervorragend, Herr Inspektor. Schwarz macht halt doch schlank.«

Meierhofer ignorierte den letzten Satz der Verkäuferin, der nicht unbedingt als charmant einzustufen war. Allerdings hatte sie recht, im schwarzen Anzug sah er wirklich schlanker aus als sonst. Andererseits erinnerte ihn der an Begräbnisse, sie waren aber zum Glück zu einer Hochzeit eingeladen.

Auch Irene schien ein wenig skeptisch zu sein: »Ich weiß nicht, Hans, ob nicht der in Anthrazit schöner wäre. Der passt sicher auch gut zu meinem rosa Kostüm.«

»Schickes Anthrazit und Rosa ist natürlich auch eine tolle Kombination. Dann könnten wir für Sie eine rosa Krawatte und ein rosa Stecktuch aussuchen, Herr Inspektor, und Sie würden perfekt zu Ihrer Gattin passen. Ein rosa Hemd wäre natürlich auch eine Möglichkeit«, warf die junge Verkäuferin beinahe euphorisch ein.

Ein rosa Hemd?! So weit kam es noch. Nein, Rosa überließ er lieber seiner Frau und jüngeren Männern, die modemutiger waren als er selbst.

»Ich probiere den anderen Anzug mal«, murmelte Meierhofer, der froh war, den beiden Damen für einen Moment zu entkommen.

Als er in der Umkleidekabine war, revidierte er seine Meinung schnell wieder. Warum mussten diese Kabinen immer ein bisschen zu eng sein? Oder bildete er sich das nur ein? Dazu der große Spiegel, in dem er aussah wie ein Walross, und das unvorteilhafte Licht. Meierhofer spürte, wie seine Schweißdrüsen aktiv wurden. Nein! Nicht das auch noch. Er konnte doch nicht die Hemden, die ihm (noch) gar nicht gehörten, nass schwitzen. Mühsam quälte sich der Siebenundfünfzigjährige in die Anzughose in schickem Anthrazit. Bis über die Hüften brachte er sie, aber ans Zumachen brauchte er erst gar nicht denken. Die war viel zu eng. Schnaufend schälte er sich wieder aus der Hose, die er, ohne den Vorhang der Umkleidekabine zu öffnen, mit dem knappen Kommentar »Ist zu eng.« nach draußen streckte. Er spürte, wie ihm die Hose entrissen wurde und vernahm zeitgleich ein geflötetes »Machen Sie sich nichts draus, Herr Inspektor. Die Anzüge dieser Marke sind alle klein geschnitten. Ich hole Ihnen ein größeres Exemplar.«

Langsam wurde ihm diese Verkäuferin richtig sympathisch. War sicher auch kein einfacher Job. Immer freundlich und höflich bleiben, auch wenn man es vielleicht mit furchtbaren Menschen zu tun hatte. Das wäre nichts für ihn.

»Probier einstweilen dieses Hemd hier, Hans. Das passt perfekt zu meinem Kostüm!« Irenes Aufforderung klang eher nach einem Befehl.

Meierhofer resignierte. Immerhin wollte er heute noch ins Büro. Da konnte er sich keine stundenlangen Diskussionen über die Farbe des Hemdes leisten. Wenig begeistert schlüpfte er in das rosa Hemd, das ihm überraschenderweise gar nicht so schlecht stand. Gemeinsam mit dem größeren Exemplar des Anzugs in schickem Anthrazit sah er wirklich nicht übel aus. Ein stattlicher Mann in den besten Jahren. Das frische Rosa ließ ihn doch ein wenig jünger aussehen. Stolz trat er aus der Umkleidekabine.

»Mei, das passt Ihnen aber gut, Herr Inspektor. Also, wenn wir nicht beide verheiratet wären«, meinte die junge Verkäuferin keck.

Auch Irene war zufrieden: »Das steht dir wirklich ausgezeichnet, Hans. Und es passt perfekt zu meinem Kostüm. Die Verwandtschaft wird staunen.«

»Gut, dann nehmen wir den. Und das rosa Hemd.«

Das war ja schnell gegangen. Im Vergleich zu früheren Anzugkäufen eigentlich unglaublich schnell. Jetzt noch einen Kaffee mit Irene, und dann konnte er endlich ins Büro abrauschen. Endlich!

26

Meierhofer und seine Frau schlenderten durch die Kremser Altstadt. An diesem sonnigen, warmen Herbstsamstag ein absolutes Vergnügen, wären da nicht die laufenden Mordfall-Ermittlungen gewesen.

Dem Chefinspektor fiel auf, dass sogar im Oktober noch jede Menge Touristen durch die Fußgängerzone flanierten, ab und zu stehen blieben, um eine beeindruckende historische Hausfassade oder ein enges Seitengässchen zu fotografieren. Wieder einmal wurde Meierhofer bewusst, dass man die Schönheit der Gegend, in der man lebte, leider nur teilweise wahrnahm. Er hetzte mit seinen Einkaufssackerln blind durch die historische Altstadt, deren Glanz andere in Ruhe in sich aufsogen. Schade eigentlich.

Meierhofer und seine Irene näherten sich gerade einem der vielen Kremser Kaffeehäuser, das sie für ihren heutigen Vormittagskaffee gewählt hatten, als eine junge Frau auf den Chefinspektor zueilte.

»Sie sind der Kriminalbeamte, der im Fall Eddelinger ermittelt, stimmt's? Ich hab' Sie in der Zeitung gesehen«, flüsterte die hübsche Brünette, als sie den Chefinspektor erreicht hatte.

»Allerdings, das bin ich«, Meierhofer zog seinen Dienstausweis, auch wenn er eigentlich nicht genau wusste, warum er das tat, »Meierhofer. Chefinspektor Meierhofer. Wie kann ich Ihnen helfen?«

Den leisen Seufzer seiner besseren Hälfte ignorierte der Kriminalbeamte. Beide wussten sie instinktiv, dass aus dem gemeinsamen Kaffee nichts werden würde.

Die hübsche Brünette blickte sich vorsichtig um und sagte dann:

»Mein Name ist Zeilner, Sabine Zeilner, ich war die beste Freundin von der Luzi.«

Meierhofer horchte auf. Das klang ja vielversprechend.

»Ich war bis gestern in Griechenland auf Urlaub und habe heute Morgen erst von Luzis Tod erfahren. Durch diesen Zeitungsbericht, in dem auch Sie erwähnt wurden. Kann ich vielleicht irgendwann in Ruhe mit Ihnen reden? Ich glaube, ich könnte Ihnen bei Ihren Ermittlungen behilflich sein.«

Der Chefinspektor blickte zu seiner Frau, die nickte nur. Natürlich wusste sie, dass er keine Ruhe haben würde, wenn er dieses Gespräch nicht sofort führen würde. Sie kannten einander eben schon beinahe ewig. Meierhofer nickte dankbar zurück.

»Wir können das gerne gleich erledigen, wenn Sie Zeit haben«, erwiderte er freundlich, »vielleicht gehen wir in den Stadtpark? Dort ist es ruhiger als hier.«

Sabine Zeilner war einverstanden. Also kam Meierhofer in den Genuss, neben einer gut aussehenden jungen Dame durch die sonnendurchflutete Altstadt zu marschieren. Wenn das jemand sehen würde – eine schlechte Nachrede hatte man ja schnell. Verstohlen beobachtete der Kriminalbeamte die zierliche junge Frau. Sie hatte kurze Haare, in einem Schnitt, den man wohl als frech bezeichnen würde, und große dunkle Augen. Man sah ihr an, dass sie erst vor Kurzem einen geliebten Menschen verloren hatte. Die Trauer stand ihr ins Gesicht geschrieben.

Die beiden passierten das beeindruckende Steiner Tor, das gerade das Zielobjekt einiger asiatischer Touristen war – kein Wunder, immerhin war es das Wahrzeichen von Krems an der Donau –, und hielten auf den Stadtpark zu. Dabei fiel Meierhofers Blick auf das Gebäude des Landesgerichts. Ob Luzia Eddelingers Mörder dieses bald von innen sehen würde? Hoffentlich.

Auf einer der vielen Bänke, die rund um den hübsch bepflanzten Springbrunnen mitten im Park aufgestellt worden waren, ließen sich Meierhofer und Sabine Zeilner nieder. Zum ersten Mal seit ihrem Zusammentreffen vor dem Kaffeehaus sprach diese: »Also, ich erzähle Ihnen einfach alles, was mir einfällt. Ich kenne die Luzi schon seit unserer Kindheit«, eine kurze Pause entstand, dann korrigierte sie sich, »also kannte, meine ich natürlich. Wir sind beide in St. Pölten geboren. Als ihre Eltern in die Wachau gezogen sind, haben wir uns aus den Augen verloren. Bis ich dann einen Job hier in Krems bekommen habe – ich arbeite bei einer Versicherung –, da haben wir uns durch Zufall wiedergetroffen. Das war schon nach ihrer Zeit in Bern. Ihr ist es damals echt schlecht gegangen. Der Engelbert ist ein richtiges Schwein, wenn Sie mich fragen. Der hat sie wie seine Leibeigene behandelt während ihrer Ehe.«

Das hatte er doch schon einmal gehört.

»Sie war sehr erleichtert, dass sie dieser Hölle entkommen ist. War gar nicht so einfach. Er hat sie lange Zeit unter Druck gesetzt, aber sie hat irgendetwas gegen ihn in der Hand gehabt – was genau, hat sie mir nie erzählt – damit hat sie ihn dann am Ende erpresst. Deshalb hat er sie schließlich gehen lassen.«

Und wieder ein Punkt mehr, der für Engelbert Eddelinger als Täter sprach.

»Ich weiß, dass es der Luzi finanziell ziemlich schlecht gegangen ist, als sie nach Krems gekommen ist. Sie hat damals wohl einige unvernünftige Sachen gemacht, um an Geld zu kommen. Ihre Eltern haben sie ja nicht unterstützt. Die sind nämlich komplett durchgeknallt, müssen Sie wissen.«

Wusste er bereits.

»Na ja, und dann war sie halt schwanger. Das war kurz nachdem sie nach Krems gezogen ist.«

Aha, noch eine Schwangerschaft. Wenn das nicht interessant war.

»Am Anfang hat sie dieses ungeborene Kind gehütet wie ihren Augapfel. Das war ganz seltsam – nicht diese normale Euphorie und Liebe, die Schwangere angeblich empfinden, sondern eher etwas Berechnendes, Vernünftiges. Total emotionslos. Ich weiß nicht, wie ich Ihnen das beschreiben soll. Auf alle Fälle wollte sie mir auch nicht sagen, wer der Vater des Kindes war.«

Es wurde immer interessanter.

»Das ging so, bis sie dann ein paar Wochen später den Rupert kennen gelernt hat. Das hat alles geändert. Sie war sich sicher, dass der Rupert der Mann fürs Leben ist. Ihre einzige wahre Liebe. Damals hat man noch nicht gesehen, dass sie schwanger war. Und nachdem sie nicht wollte, dass die Schwangerschaft ihre Beziehung zu Rupert zerstört, hat sie abgetrieben.«

Meierhofer lief ein kalter Schauer über den Rücken. Nicht, weil er grundsätzlich gegen Abtreibung war, das hatte eine Frau in seinen Augen ganz für sich alleine zu entscheiden, sondern, weil erst vor Kurzem jemand in Bezug auf den Luzia-Eddelinger-Mordfall von Abtreibung gesprochen hatte: sein Enkel Lukas.

Der Chefinspektor, der spürte, dass es das Beste war, Sabine Zeilners Redefluss nicht zu unterbrechen, wartete, bis sie weitererzählte.

»Diese Abtreibung hat alles verändert, Herr Inspektor. Von diesem Moment an war sie plötzlich wieder ängstlich, das hatte sie aber eigentlich schon abgelegt – diese Angst vor ihrem Ex. Aber nach der Abtreibung war sie wieder so seltsam drauf. Allerdings weiß ich nicht, ob sie vor ihrem Ex Angst hatte oder vor dem …«

»… Vater des Kindes, das sie losgeworden war«, ergänzte Meierhofer leise.

Sabine Zeilner nickte stumm.

Ein Vater, vor dem möglicherweise auch Rupert Umhäus Angst haben musste. War er deshalb abgetaucht?

»Tja, nach ein paar Monaten mit Rupert hat sich das aber wieder normalisiert. Die beiden waren miteinander glücklich. Bis Luzi dann vor zirka drei Monaten wieder schwanger geworden ist. Da sind dann in Luzi all die schlimmen Erinnerungen wieder hochgekommen. Außerdem war sie sich nicht sicher, wer der Vater des Kindes ist. Sie hat sich nämlich, als sie wegen ihrer Scheidung in Bern war, dummerweise auf ein Schäferstündchen mit ihrem Ex eingelassen. Fragen Sie mich nicht, warum.«

Okay, nun wusste Meierhofer mit ziemlicher Sicherheit, dass Engelbert Eddelinger der Vater von Luzias Kind gewesen war. Zumindest von ihrem zweiten. Dem Kind, das gemeinsam mit ihr gestorben war.

»Von da an hat sie natürlich das schlechte Gewissen geplagt. Sie hat angefangen, mit Rupert über die Hochzeit zu streiten. Weil sie die Ungewissheit nicht mehr ausgehalten hat, ist sie dann im September wieder nach Bern geflogen. Um mit Engelbert zu sprechen. Und von da an habe ich nichts mehr von ihr gehört.«

Mittlerweile flossen Tränen über Sabine Zeilners Wangen. Sie musste eine enge Beziehung zu Luzia Eddelinger gehabt haben.

»Mehr kann ich Ihnen leider auch nicht sagen, Herr Inspektor. Ich gebe Ihnen aber meine Karte, falls Sie noch Fragen haben sollten.« Sie zog eine bunte Visitenkarte aus der Tasche und streckte sie Meierhofer hin. Der reichte ihr im Gegenzug seine Karte. Er spürte, dass es für den Moment genug war.

»Danke schön, Frau Zeilner. Sie haben mir wirklich sehr weitergeholfen. Gehen Sie mit mir zurück in die Altstadt?«

Die junge Frau schüttelte traurig den Kopf.

»Nein, danke. Wenn es Ihnen recht ist, bleibe ich noch ein bisschen hier. Hier ist es so schön.«

Sie hatte recht. Hier war es wirklich schön. Soweit es nach einem Gespräch wie diesem überhaupt irgendwo schön sein konnte.

*

Als Meierhofer in sein Büro kam, war sein Sessel besetzt. Ein dünner, langhaariger Mann hatte es sich darauf bequem gemacht, die Beine auf dem Tisch verschränkt und die Hans-Tasse des Chefinspektors in der Hand. Dieser Anblick zauberte ein Schmunzeln in Meierhofers bis dahin eher nachdenkliches Gesicht. Er war immer noch damit beschäftigt, das eben Erfahrene einzuordnen.

»Hände hoch, Polizei!«, rief der Kriminalbeamte ernst.

Seine Rufe zeigten Wirkung. Dieter Doppler zuckte zusammen, verschüttete einen Teil des Tees, der in Meierhofers Hans-Tasse vor sich hindümpelte, etwas, das der Chefinspektor eigentlich als einen Affront betrachtete, und nahm hastig die Beine vom Tisch.

»Hans, schreck mich nicht so! Ich bin auch nicht mehr der Jüngste«, meinte er, als er sich gefangen hatte.

»Hallo, Dieter, was verschafft mir die Ehre, dich aus meiner Tasse trinken lassen zu dürfen?«

Täuschte er sich, oder hatte er genau diesen Satz schon einmal zu jemandem gesagt?

»Ich hab' mir gedacht, so ein Samstag zuhause ist eigentlich fad. Ich sollte doch lieber meinem alten Freund Hans, wobei die Betonung auf alt liegt, einen Gefallen tun und die Proben, die er mir gegeben hat, bearbeiten. Hab' ich gemacht. Du wirst nicht glauben, was ich herausgefunden habe.«

»Schieß los! Ich bin ganz Ohr«, erwiderte Meierhofer gespannt, während er zu seiner Kaffeemaschine ging, die ja eigentlich nicht nur seine war, um sich einen kräftigen Kaffee zu machen. Nach dem Gespräch mit Sabine Zeilner brauchte er eine zufriedenstellende Dosis Koffein.

Dieter Doppler trank einen Schluck Tee.

»Warum habt ihr eigentlich keinen Prosecco im Kühlschrank? Um diese Zeit wäre schon ein Gläschen drin gewesen. Aber der grüne Tee hier ist auch nicht übel. … Also, wo war ich, genau, die Hautschuppen und Blutspuren, die Gregor und seine Leute auf diesem Ringordner gefunden haben, stammen mit Sicherheit von einer Frau, allerdings nicht von dieser Ulrike Umhäus. Leider passen sie zu keiner DNA, die wir in der Datenbank haben. In dieser Sache habe ich also keinen Treffer gelandet, aber dafür habe ich etwas anderes herausgefunden. Du weißt ja, dass ich mich mit den Unweiten des Internets und verschiedener Datenbanken etc. pp. gut auskenne.«

Allerdings, das wusste er. Dieter Doppler war nicht nur, was die verschiedensten Arten von Analysen anging, eine Koryphäe, sondern auch ein echter Computer-Freak. Dass er gerne mal höhere Instanzen umging, um auf eigene Faust zu ermitteln, wusste auch jeder. Da er mit seinen Vermutungen, die er mit einer enormen Akribie verfolgte, meist richtig lag, drückte man in seinem Fall aber gerne ein Auge zu.

»Was hast du denn schon wieder Illegales gedreht?«, fragte Meierhofer lachend nach.

Doppler tat schockiert: »Illegales?! Ich?! Wo denkst du hin, Hans? Ich war nur selbstständig, hab' Eigeninitiative entwickelt. Weißt du, ich hab' ganz zufällig die DNA-Daten des Exmannes eurer Toten, dieses Engelbert Eddelingers, gefunden. Die Schweiz hat seit 2005 eine wirklich gute DNA-Datenbank.«

»Zufällig, klar!«

Meierhofer ging zum Kühlschrank, um sich die für seinen Kaffee obligate Milch zu holen.

Dieter Doppler ließ sich nicht beirren: »Du wirst nicht glauben, was ich herausgefunden habe. Also, Engelbert Eddelinger war …«

»… der Vater des ungeborenen Kindes seiner Exfrau. Erzähl mir was Neues, Dieter«, ergänzte der Chefinspektor unbeeindruckt.

»Aber, w… woher weißt du das?«, murmelte Doppler, dem die Enttäuschung deutlich anzusehen war.

»Mit Sicherheit gewusst habe ich es noch nicht, aber doch sehr stark vermutet. Ich hatte gerade ein Gespräch mit der besten Freundin der Verstorbenen. Sie hat mir erzählt, dass Luzia Eddelinger nicht sicher war, ob Rupert Umhäus oder ihr Exmann der Vater des Kindes war. Und nachdem wir wissen, dass Rupert Umhäus zeugungsunfähig ist, konnte es ja eigentlich nur noch Letzterer sein. Aber gut, dass wir es nun Schwarz auf Weiß haben. Danke, Dieter, dass du dir solche Mühe machst, was den Fall angeht.«

Doppler lächelte. Er schien wieder etwas versöhnt zu sein. »Du weißt doch, dass ich ein Freak bin, Hans. Ich konnte einfach keine Ruhe finden, bevor ich nicht diese DNA-Geschichten geklärt hatte.«

»Wir beide sind eben noch vom alten Schlag. Die Klärung eines Mordfalls geht uns über alles«, meinte er zufrieden.

»Ja, aber im Gegensatz zu dir sieht man mir nicht an, dass ich zum alten Schlag gehöre«, konterte Dieter Doppler flapsig.

Ein stiller Moment entstand.

»Ach ja, noch was«, Doppler stand auf und ging auf die Pinnwand zu, auf der die Eddelinger-Spuren befestigt waren, »das ist nicht ein und dieselbe Schrift. Die Fragezeichen daneben kannst du also wieder streichen.«

Der Chefinspektor verschluckte sich an seinem Kaffee. Hustend presste er hervor: »Woher willst du denn das jetzt wieder wissen?«

Dieter Doppler grinste übers ganze Gesicht, als er antwortete: »Ich hab' schon vor einiger Zeit die Ausbildung zum geprüften Grafologen gemacht. Hast du das gar nicht gewusst? War ganz schön aufwendig, aber das Thema Grafologie hat mich einfach immer schon fasziniert. Deine Sauklaue sagt ja auch einiges über dich aus, mein Lieber. Gut, dass du Stefano die Kärtchen für die Pinnwand schreiben lässt.«

»Du bist wirklich ein Freak, Dieter«, entfuhr es Meierhofer, »kannst du mir denn auch etwas über die Persönlichkeiten der beiden Schreiberlinge sagen?«

Doppler schüttelte den Kopf.

»Dazu müsste ich mir die beiden Schriften in Ruhe ansehen. Wenn du Vergleichsdaten hast, lass mir was zukommen! Ich kümmere mich gerne darum. Schick mir einfach alles als E-Mail-Anhang!«

»Aber klar, mach' ich, Dieter, danke. Was kostet's mich?«

»Schau einfach, dass du nächstes Mal Prosecco im Kühlschrank hast. Dann passt das schon«, erwiderte Dieter Doppler augenzwinkernd.

Dann schlüpfte er zur Tür raus und verschwand in der warmen Herbstsonne.

27

»Buongiorno! Krieg' ich einen Kaffee von dir, alter Mann?« Mit Staudinger, der in seinen grünen Jeans und dem orangefarbenen Hemd samt passender Armbanduhr aussah wie ein wandelnder Kürbis – allerdings ein äußerst attraktiver –, schien eine Woge guter Laune das Büro zu fluten.

»Kaffee? Du? Hast du eine anstrengende Nacht hinter dir, mein Lieber?«, konterte Meierhofer augenzwinkernd, während er sich aus seinem Chefsessel schälte, um zur Kaffeemaschine zu trotten. Bei der Gelegenheit konnte er sich auch gleich eine zweite Dosis Koffein gönnen. Die Stimmen in seinem Kopf, die leise »Du sollst doch nicht so viel Kaffee trinken!« flüsterten, ignorierte er.

»Eine anstrengende Nacht und einen anstrengenden Morgen. Ich bin also ganz froh, dass du von Irene zum Anzugkaufen gezwungen wurdest, Hans. Hast du einen schicken bekommen? In deiner Größe?« Den kecken Nachsatz betonte der Gruppeninspektor bewusst.

Sein Chef, der mittlerweile die Espressomaschine in Gang gesetzt hatte, überging diesen Kommentar und erwiderte: »Ich hab' einen besonders schicken Anzug bekommen. In Anthrazit samt – halt dich fest – rosafarbenem Hemd. Hätte ich nie gedacht, dass einem alten heterosexuellen Knacker wie mir Rosa so gut stehen würde.«

Staudinger lachte auf.

»Klar, Rosa ist ja eigentlich nur was für kleine Mädchen und Schwuchteln. Hans, dass du ein derart reaktionäres Farbdenken an den Tag legst, wundert mich jetzt aber sehr.«

Meierhofer wusste zwar, dass Stefano diese Bemerkung nicht

ernst gemeint hatte, aber unangenehm berührt war er trotzdem. Er mochte es nicht, wenn sein Kollege selbstironisch von Schwuchteln sprach. Mit diesem herabwürdigenden Wort verband er sicher die eine oder andere schlimme Erinnerung. Aber vielleicht konnte man mit diesen Erinnerungen am besten umgehen, indem man sich über sich selbst lustig machte. Schwarzer Humor, Sarkasmus und Ironie waren auch für den Chefinspektor überlebensnotwendig. Das Leben war ohnehin bitter genug.

»Ich bin eben ein stockkonservativer Kerl, Stefano. Das solltest du doch eigentlich wissen«, antwortete Meierhofer schmunzelnd, während er einen der vielen Knöpfe der Kaffeemaschine drückte.

»Und, gibt's was Neues?«, fragte Staudinger, während er auf die Mordfall-Eddelinger-Pinnwand zuging, um sich die Details des Falles wieder in Erinnerung zu rufen. Er tat das jeden Tag als Erstes, wenn er ins Büro kam.

»Allerdings, das gibt es.« Der Chefinspektor nahm die kleine Espressotasse und ging damit zu Stefanos Tisch. »Bitte schön. Dein Kaffee. Dieter Doppler war übrigens vorhin hier. Außerdem hatte ich ein interessantes Gespräch mit der besten Freundin unserer Verstorbenen.«

Meierhofer berichtete seinem jungen Kollegen von dem zufälligen Treffen mit Sabine Zeilner. Auch von Dieter Dopplers Ermittlungserfolgen setzte er Staudinger in Kenntnis. Der wirkte beinahe ein bisschen eifersüchtig, als er meinte: »Da bin ich ein Mal später im Büro als du, und dann geht hier die Post ab. Eigentlich brauchst du mich ja gar nicht, um deine Fälle zu lösen, alter Mann. Wobei ich schon festhalten möchte, dass ich mit meiner Abschiedssex-Theorie recht hatte. Also, was Luzia Eddelinger und ihren Exmann angeht. Dass er wirklich der Vater ihres ungeborenen Kindes war, ändert doch irgendwie alles. Wobei natürlich diese Abtreibung auch nicht uninteressant ist.«

Meierhofer überlegte einen Moment lang und sagte dann: »Weißt du, was ich ganz vergessen habe? Lukas hat vor einigen

Tagen gemeint, dass seiner Ansicht nach die Berkana-Rune auf der Schneide der Holzaxt auf eine Abtreibung hindeuten könnte. Immerhin ist die Schneide etwa auf Höhe der Gebärmutter gelegen. Dazu die Rune, die unter anderem für Fruchtbarkeit steht, und die Axt, die Leben zerstört. Verstehst du?«

Staudinger zog erstaunt die Augenbrauen nach oben.

»Sag mal, wie alt ist Lukas jetzt? Zwölf? Unglaublich, wie aufgeklärt die heutige Jugend ist.«

Der Chefinspektor nickte stumm.

»Allerdings klingt das, was er sich da zusammengereimt hat, gar nicht so dumm. Meinst du, es könnte wirklich sein, dass Luzia Eddelingers Mörder mit der Runen-Axt auf ihre Abtreibung anspielen wollte? Dazu der Teufelssturz-Schriftzug«, überlegte Staudinger, »der auch irgendwie zu dem Thema passt – von wegen gefallener Engel und so. Vielleicht haben wir es ja mit einem fanatischen Abtreibungsgegner zu tun?«

Meierhofers Gedanken rasten. Ein fanatischer Abtreibungsgegner. Das war durchaus möglich. Dann bestand aber wieder die Gefahr, dass es sich um einen Täter vom Typ Serienmörder handelte. Also um jemanden, der Frauen dafür bestrafen wollte, dass sie abgetrieben hatten. Eine Art Ritualmord eben. Die Rune auf der Axt und der Teufelssturz-Schriftzug passten zu dieser Theorie. Für einen kurzen Moment lang schoss erneut der bereits einmal gedachte Gedanke »Wer weiß, wie viele tote Frauen noch mit einem Teufelssturz-Schriftzug auf dem Rücken und einer Holzaxt in den Händen in den Wäldern der Gegend herumliegen.« durch Meierhofers Kopf.

»Wenn wir es mit einem wahnsinnigen Abtreibungsgegner zu tun haben, der diese Ritualmorde begeht, um der Welt eine Botschaft zu vermitteln oder aber auch den allmächtigen Racheengel zu spielen, sieht es ganz schön übel für uns aus. Dann können wir nur hoffen, dass er nicht noch einmal zuschlägt. Was in diesem Fall aber eher unwahrscheinlich ist«, murmelte der Chefinspektor, der sich nun laufend durch seinen Vollbart fuhr.

Staudinger stand auf und ging auf die Pinnwand zu. Er deutete auf die beiden Schriftzüge und meinte: »Und Dieter Doppler war sich sicher, dass es sich nicht um ein und dieselbe Handschrift handeln kann? Sonst wäre es doch möglich, dass die Eltern der Verstorbenen hinter ihrem Tod stecken. Ihnen würde ich zutrauen, dass sie fanatische Abtreibungsgegner sind. Wenn sie also nicht damit leben konnten, dass ihre Tochter abgetrieben hat, fanatisch genug sind, dass sie sie dafür in irgendeiner Form bestrafen mussten, gleichzeitig auch der Welt, wie du vorhin gemeint hast, damit eine Botschaft vermitteln wollten, würde das doch perfekt zusammenpassen. Ich habe übrigens gestern Abend noch die Homepages einiger Klettervereine hier in der Gegend geprüft. Rate mal, wer Mitglied in einem dieser Vereine ist?«

»Raimund Gilgen«, antwortete Meierhofer wie aus der Pistole geschossen.

»Nein, nicht ganz«, konterte Staudinger mit einem wissenden Lächeln im Gesicht, »Raimund Gilgen und seine Gattin Gisela. Die beiden sind anscheinend sehr sportlich.«

Der Chefinspektor dachte an Luzia Eddelingers Eltern zurück. Sie hatten tatsächlich einen sportlichen Eindruck auf ihn gemacht. Außerdem war Raimund Gilgen Historiker, er kannte sich also sicher auch mit Runen aus. Nur den Teufelssturz-Schriftzug konnten sie nicht geschrieben haben, wenn die Schrift, in der die Nachricht in ihrem Auto geschrieben gewesen war, mit Sicherheit eine andere war. Außer natürlich …

»Mein Gott, wir sind Deppen«, entfuhr es Meierhofer, »vielleicht hat ja Raimund Gilgen das Wort Teufelssturz geschrieben, seine Gattin aber die Nachricht, die sie hinten ins Auto geklebt haben. Oder natürlich umgekehrt.«

Staudinger musste ob ihrer vorübergehenden, kurzfristigen Beschränktheit grinsen.

»Das wäre natürlich auch eine Möglichkeit. Weißt du was, wir besuchen die zwei im Spital und schauen, ob wir eine Schriftprobe von ihnen bekommen.«

»Das ist nicht dein Ernst, oder? Die zwei sind knapp am Tod vorbeigeschrammt. Ich glaube nicht, dass die heute schon vernehmungsfähig sind. Abgesehen davon, dass wir ihnen ohne die Zustimmung der Staatsanwaltschaft nicht einfach so auf den Zahn fühlen dürfen. Den Spitalsbesuch verschieben wir also lieber auf Montag. Dann bekommen wir hoffentlich unsere Schriftproben. Von Gisela Gilgen hätte ich außerdem gerne eine DNA-Probe. Nachdem die Blutspuren und Hautschuppen auf dem Ringordner von einer Frau stammen. Du könntest heute oder morgen deine Freundin bei der Staatsanwaltschaft anrufen. Die Handynummer hast du ja. Vielleicht regelt sie das für uns gleich am Montagmorgen.«

»Wenn ich sie mit einem italienischen Abend bei Dominik und mir besteche, ist das überhaupt kein Problem. Sie ist eben mein Dieter Doppler.«

Staudinger ging zurück auf seinen Platz, nur um kurz darauf wieder aufzustehen und sich ein Glas Wasser zu holen.

»Kaffee macht mich immer durstig«, murmelte er erklärend.

»Du bist auch ohne Kaffee ständig durstig, Stefano, ein lebendiger Kanal«, konterte Meierhofer schelmisch, bevor er wieder ernst wurde. »Wir können im Moment nicht allzu viel tun. Von Rupert Umhäus gibt's immer noch nichts Neues. Roberta Zwiggli hat sich auch nicht mehr gemeldet. Ich schlage vor, wir recherchieren ein wenig, was diese Schwarzgeld-Affäre angeht. Vielleicht finden wir im Internet alte Berichte oder in der einen oder anderen Datenbank irgendetwas, das uns weiterhelfen könnte.«

Staudinger fuhr seinen Computer hoch. »Internetrecherche. Zu Befehl, Chef!«

Wenig später verloren sie sich beide in den Unweiten des weltweiten Netzes. Dass Meierhofers Handy in dessen Hosentasche Sturm läutete, nahmen sie gar nicht wahr. Natürlich nicht, immerhin hatte der seiner Frau zuliebe die Lautlos-Funktion seines Mobiltelefons aktiviert. Um während des Anzugkaufes nicht gestört zu werden.

*

»Nichts! Absolut nichts! Bis auf diese Klettersache.« Staudinger war frustriert. Er hatte etliche Stunden im Internet verbracht, aber überhaupt nichts gefunden, was sie weiterbringen konnte. »Also, entweder handelt es sich bei dieser Schwarzgeld-Affäre um ein Gerücht, oder das Ganze war einfach nicht so wichtig, dass darüber in den Medien berichtet wurde. Allerdings hätte unsere Tote in diesem Fall wohl auch eine Vorstrafe gehabt. Hatte sie aber nicht. Das Einzige, was interessant ist: Ihr Ex hat eine furchtbar großkotzige private Homepage. Mit vielen selbstverliebten Fotos von sich bei den verschiedensten sportlichen Aktivitäten. Darunter auch ein Kletterfoto. Anscheinend hat so ziemlich jeder in Luzia Eddelingers Umfeld einen Hang zum Klettern. Das macht die Sache nicht unbedingt einfacher.«

Meierhofer, der gerade damit beschäftigt war, das quälende Hungergefühl in seinem Magen zu ignorieren, nickte abwesend. Er sah momentan ständig Leberkässemmeln, Pizzastücke, Käsekrainer etc. vor seinem inneren Auge herumtanzen. Wie sollte er sich da auf etwas anderes konzentrieren? Einfach fiel sie ihm nicht, diese permanente Fett-Abstinenz.

»Hans? Hörst du mir eigentlich zu?«

Staudingers Stimme beendete Meierhofers Halluzinationen.

»Wie? Ja, klar. Ich hab nur ein bisschen Hunger.« Bisschen war mehr als untertrieben. »Da lässt meine Konzentration nach.«

Der Gruppeninspektor schmunzelte.

»Wie wär's mit einer Pizza? Ich bestell' uns eine.«

»Pizza?! Bist du wahnsinnig?!«, Meierhofer wirkte ehrlich entsetzt. »Irene bringt mich um, wenn sie das erfährt.«

Das Grinsen in Staudingers Gesicht wurde noch breiter.

»Ich verrat's ihr schon nicht. Wir teilen uns eine, dann ist es nur halb so schlimm.«

Staudingers Pizza-Gerede führte zu weiteren Meierhoferischen kulinarischen Halluzinationen. Im Rausch dieser erwiderte er unbedacht: »Na gut, aber seit wann arbeitest du gegen Irene, Stefano? So kriminell kenne ich dich gar nicht.«

Während Staudinger nach dem Telefon griff, um die eingespeicherte Nummer des Pizza-Lieferdienstes zu wählen, meinte er: »Reiner Selbstschutz und purer Egoismus. Ich brauche dich momentan voll fit. Sonst lösen wir diesen Fall nie. Hawaii ist okay?«

Meierhofer nickte freudig. So eine Hawaii-Pizza war genau das Richtige. Immerhin war da Obst drauf. Dann brauchte er beim Verzehr kein soooooo schlechtes Gewissen zu haben. Gab es nicht sogar Hollywood-Stars, die auf eine Ananas-Diät schworen?

»Aber wohl kaum in Verbindung mit Pizzateig, Schinken und Käse«, mahnte ihn eine innere vernünftige Stimme, die er aber wie häufig erfolgreich ignorierte.

»Befürchtest du wirklich, dass wir diesen Fall nicht lösen?«, fragte er Staudinger, nachdem dieser das Telefongespräch beendet hatte.

Der Gruppeninspektor zuckte mit den Schultern.

»Keine Ahnung. Besonders gut schaut's momentan nicht aus. Wie haben zwar mehrere Theorien, was hinter dem Mord stecken könnte, aber die sind alle irgendwie gleich wahrscheinlich. Uns fehlt sicher nur ein kleines Detail, das den entscheidenden Hinweis gibt.«

»Fehlt nicht immer irgendein kleines Detail, das den entscheidenden Hinweis gibt?«, brummte Meierhofer nüchtern. »Ein kleines Detail. Fragt sich nur, welches.«

28

Als Meierhofer einige Stunden später sein Auto vor dem Haus parkte, in dem er seit Ewigkeiten lebte, hatte er das Gefühl, diesen Tag verschwendet zu haben. Bis auf die Informationen, die er von Luzia Eddelingers bester Freundin erhalten hatte, und Dieter Dopplers Erkenntnisse waren sie überhaupt nicht weitergekommen. Er hasste sie, diese Momente während seiner Ermittlungen, in denen er das Gefühl hatte, dass er vor einem unlösbaren Rätsel stand. Es war wie in einem Albtraum, in dem man zu laufen versuchte, aber nicht von der Stelle kam. Ermüdend und absolut nicht zielführend.

Der Chefinspektor stieg aus und stellte fest, dass sich das Wetter seiner Stimmung angepasst hatte. Es war bereits ziemlich dunkel und auch wieder ein wenig nebelig. Ungemütlich. Genau das richtige Wetter für einen langen Fernsehabend.

Meierhofer war mittlerweile bei der Haustür angelangt. Er öffnete diese und wollte gerade »Bin zuhause!« rufen, als er Irenes überdreht klingende Stimme hörte. Nanu? Hatte sie Besuch? Davon hatte sie ja gar nichts erwähnt. Das Stimmungsbarometer des Kriminalbeamten wanderte nun noch ein bisschen weiter nach unten. Er konnte es gar nicht ausstehen, wenn er sich nach einem anstrengenden Arbeitstag durch belanglosen Smalltalk kämpfen musste.

»Du bist ja so ein Süßer! So ein Süßer bist du. Na, komm her zur Mami! Da schau, da ist das Hammi Hammi«, flötete Irene in der Küche. War sie nun dem Wahnsinn anheimgefallen??? Meierhofer wollte gerade die Küche betreten, als ein weißes Fellknäuel aus dieser stürmte und ihn beinahe über den Haufen rannte.

»Ja, genau, das ist der Papi. Sag Hallo zum Papi, mein Kleiner!«, kommentierte Irene den Beinahe-Zusammenstoß.

Papi? Kleiner? Weißes Fellknäuel? Meierhofers Herz setzte einen Schlag aus. Das war ein Hund! Ein Hund! Aber Irene hatte sich doch immer gegen einen neuen Hund gewehrt? Mussten sie das kleine Wesen für irgendeine ihrer Freundinnen hüten? Dann passte aber der Papi nicht so ganz.

Das kleine weiße Fellknäuel schien den Chefinspektor sympathisch zu finden. Begeistert sprang er an dessen Beinen hoch. Meierhofer ging in die Knie. Sofort hatte er den Welpen auf seinem Schoß sitzen, der mit großer Leidenschaft begann, die Hand des Siebenundfünfzigjährigen abzuschlecken.

»Du bist aber wirklich ein Süßer«, murmelte Meierhofer, »und dein Fell passt farblich gut zu meinem Bart.«

»Das ist ein Malteser, Hans. Er heißt Hasso, aber ich finde, das passt nicht zu ihm. Wir sollten uns also einen neuen Namen für ihn ausdenken.« Irene strahlte übers ganze Gesicht, weil ihr die Überraschung gelungen war.

Meierhofer, der seit seiner Kindheit ein absoluter Hundenarr war, vergaß alles um sich, als er den kleinen Floh auf seinem Schoß streichelte: »Hasso? Du bist aber kein Hasso. Hasso klingt irgendwie blutrünstig. Ich finde, du siehst ziemlich klug aus, Kleiner. Ein bisschen wie Albert Einstein. Genau, wir nennen dich Einstein.« Irene beobachtete die beiden amüsiert.

»Gehört er also uns?«, wandte Meierhofer sich schließlich an seine bessere Hälfte.

»Ja, das tut er. Natürlich nur, wenn du damit einverstanden bist. Weißt du, ich habe bemerkt, wie gut dir Lukas' Anwesenheit getan hat. Uns fehlt einfach ein bisschen Leben in der Bude. Der Kleine hier bringt sicher Schwung in unseren Alltag. Außerdem muss man mit ihm spazieren gehen. Das ist gut für die Gesundheit.«

Der Chefinspektor stand, den kleinen Hund auf seinen Arm nehmend, auf. »Irene, du bist die Beste«, meinte er, bevor er seiner Frau einen dicken Schmatzer auf die Stirn drückte, »du weißt immer genau, was ich brauche.«

Eine Stunde später lag Meierhofer, den schlafenden Malteserwelpen auf seinem Bauch, schlummernd auf der Wohnzimmercouch. Sein Handy steckte immer noch unbeachtet in der Tasche seiner Jeans, die er im Schlafzimmer über einen Sessel geworfen hatte. Die zehn Anrufe in Abwesenheit blieben also unbemerkt.

*

Am nächsten Morgen wurde Meierhofer von einer nassen kleinen Zunge geweckt, die ihm euphorisch das Gesicht ableckte.

Er brauchte einen Moment, bis ihm bewusst wurde, dass es nicht Irene war, die ihm so ihre Zuneigung zeigen wollte, sondern ihr neues Familienmitglied, das wohl schon von Hunger geplagt wurde.

Ein Blick auf die Wohnzimmeruhr verriet dem Chefinspektor, dass es erst halb sechs war, an einem Sonntagmorgen also noch mitten in der Nacht. Seufzend hob er Einstein von seinem Bauch und stellte seine Füße auf den Holzboden. Als sich seine Socken daraufhin mit einer Flüssigkeit vollsogen, schwante Meierhofer Böses. Einstein war anscheinend undicht. Natürlich, es dauerte ja eine Weile, bis so ein Welpe sauber war.

»Böser Einstein«, schimpfte der Chefinspektor, während er seine Füße aus den übelriechenden Socken schälte. Die Kombination von Fußschweiß und Hundeurin würde sicher nie zum Parfum-Trend werden.

Der kleine Malteser schien Meierhofers Kommentar als Ermutigung zu empfinden. Er kläffte einige Male und begann dann, hektisch seinen Schwanz zu verfolgen. Was hatte Irene gesagt? Der Kleine würde Schwung in ihren Alltag bringen? Allerdings, das tat er. Sie hatten nun also wieder ein Kind. Ein stark behaartes Kleinkind mit vier Beinen und Mundgeruch.

»Na, komm, Zwerg. Schauen wir, was wir in der Küche für dich finden.«

Meierhofer, der sehr bedacht darauf war, nicht noch einmal in Einsteins Lacke zu treten, schlich in die Küche. Der kleine Malteser hetzte hinter ihm her. Während Letzterer sich auf eine Portion Welpenfutter stürzte, genehmigte sich der Chefinspektor, der jetzt auch keine Lust mehr zu schlafen hatte, einen perfekten Latte macchiato. Dabei schossen ihm wieder einmal die Mordfall-Eddelinger-Bilder durch den Kopf. Aber heute war Sonntag und nachdem es nicht schien, als ob Gefahr im Verzug bestand, hatten Stefano und er beschlossen, für einen Tag den Fall Fall sein zu lassen. Vielleicht brauchten sie auch ein wenig Abstand, um alles wieder klarer zu sehen. Manchmal tat eine kurze Ermittlungspause ganz gut. Beim Blick auf den Welpen, der die kleine Futterschüssel während des Fressens durch die gesamte Küche schob, wurde Meierhofer ganz warm im Bauch. Heute würde ihm auch ohne die Arbeit nicht langweilig werden.

»Was meinst du, Einstein? Heute gehöre ich ganz dir.«

Einstein, der noch nicht auf seinen Namen zu hören schien, war mittlerweile im Vorhaus angelangt. Die Schüssel war auch schon beinahe leer. Der Welpe inhalierte das Futter richtiggehend. Ein Anblick, der Meierhofer inspirierte. Er bereitete sich und Irene in Erwartung eines erholsamen Herbstsonntags, ein ausgiebiges Frühstück zu.

*

Sie hatten fürstlich ausgiebig, aber natürlich gesund gefrühstückt und waren mit Einstein Gassi gegangen, als Irene meinte: »Ich fahre kurz zu Marianne. Kannst du mir dein Handy borgen, Hans? Bei meinem ist der Akku leer.«

»Mein Handy? Klar. Es ist noch in meiner Jeans. Im Schlafzimmer«, erwiderte Meierhofer, der sich darauf freute, endlich einmal wieder ein Buch zu lesen, beiläufig. Er machte es sich in seinem bequemen Jogginganzug auf der Couch gemütlich, hob sich das kleine, weiße Fellknäuel, das ständig um ihn herumscharwenzelte, auf den stattlichen Bauch, wartete, bis dieses die richtige Position gefunden hatte, und griff dann nach einem Thriller, den er schon seit Wochen zuhause liegen hatte, aber in den er noch nicht hineingelesen hatte.

Der Chefinspektor seufzte.

»Na, was meinst du, Einstein? So muss ein Sonntag aussehen, nicht wahr?«

Einstein, der bereits tief und fest schlummerte, meinte gar nichts. Dafür aber Irene, die gerade aus dem Schlafzimmer kam: »Sag mal, hast du Bereitschaft, Hans? Du hattest elf Anrufe in Abwesenheit.«

Scheiße, die Bereitschaft! Meierhofer fuhr hoch, was Einstein überhaupt nicht gefiel. Der sah sein Neo-Herrchen ob der Ruhestörung vorwurfsvoll an. Moment! Er hatte ja gar nicht Bereitschaft an diesem Wochenende. Langsam sank der Oberkörper des Chefinspektors zurück auf die Couch.

»Nein, keine Bereitschaft. Wer immer das war, soll morgen im Büro anrufen.«

Irene nahm das Handy ihres Mannes nun genauer unter die Lupe, etwas, das diesen überhaupt nicht störte. Immerhin hatten sie keine Geheimnisse voreinander.

»Zehn der Anrufe sind von gestern, Schatz. Einer heute. Immer dieselbe Nummer. Möchtest du nicht lieber zurückrufen? Vielleicht hat's ja mit eurem Mordfall zu tun.«

Warum war Irene, die sonst eher meckerte, wenn er am Sonntag arbeiten musste, so erpicht darauf, ihn loszuwerden? Wollte sie etwa Einstein, der anscheinend total auf ihn fixiert war, für sich alleine haben?

»Na, gib schon her«, murrte Meierhofer, der schwarz für seinen Lesesonntag sah. Außer natürlich, es war etwas total Belangloses. Auf den ersten Blick konnte der Chefinspektor die Nummer seines wochenendlichen Stalkers niemandem zuordnen. Er beschloss also, zurückzurufen. Ein Risiko, das er mit seinem Diensthandy wesentlich spontaner einging als mit Irenes Mobiltelefon.

Als sich am anderen Ende eine weibliche Stimme mit Zeilner meldete, wusste Meierhofer mit Sicherheit, dass er den Rest des Tages nicht lesend verbringen würde.

*

Das melodische Pfeifen seines jungen Kollegen hörte Meierhofer schon von Weitem, als er sich dem Büro näherte. Stefano schien gut aufgelegt zu sein, und das, obwohl er seinen freien Sonntag opferte, um mit dem Chefinspektor einer neuen Spur nachzugehen. Letzterer war nicht besonders happy darüber, dass er Einstein in Irenes Obhut hatte geben müssen. Auch wenn die sich gefreut hatte, ihn nun zu Marianne, Karl und Lukas mitnehmen zu können.

»Lukas wird begeistert sein«, hatte sie gejauchzt, während er sich aus dem Jogginganzug geschält und in Jeans und Hemd gequält hatte. Dabei hatte Meierhofer ein giftiges Eifersuchtsgefühl durchströmt. Er wäre nur zu gerne mit Einstein zu Marianne und ihrer Familie gefahren. Auf Wochenenddienst hatte er gerade überhaupt keine Lust. Aber Sabine Zeilner hatte ihm von einer Sache erzählt, der er einfach nachgehen musste.

»Hallo, Hans. Na, du schaust ja aus wie drei Tage Regenwetter. Was ist denn los?«, fragte Staudinger, der gerade ein Glas Wasser in den Händen hielt und die Beine wieder einmal auf seinen Schreibtisch gelegt hatte.

»Ciao, Stefano. Danke, dass du dir Zeit genommen hast. Ist alles okay, ich wäre jetzt nur ehrlich gesagt lieber zuhause. Bei Einstein.«

»Einstein? Ich dachte, Irene hätte sich für Hasso entschieden«, erwiderte Staudinger erstaunt.

»Du hast davon gewusst?« Der Chefinspektor drehte sich erstaunt zu seinem jungen Kollegen um.

Der grinste wieder einmal übers ganze Gesicht, als er antwortete: »Aber sicher habe ich davon gewusst. Irene und ich sind während unseres Diät-Terror-Telefongesprächs auf dieses Thema gekommen. Als wir überlegt haben, welche Art der Bewegung dir wirklich Spaß machen könnte. Tja, und nachdem du mir immer wieder von deinen ehemaligen Hunden vorschwärmst und jeden Polizeihund, den du siehst, beinahe zu Tode streichelst, ist mir dann eben diese Idee gekommen. Irene hat mich während der letzten Tage auf dem Laufenden gehalten. Eigentlich dachte ich, sie hätte einen kleinen Malteser namens Hasso für euch ausgesucht.«

»Hat sie auch. Aber Hasso passt nicht zu ihm. Er sieht aus wie ein Einstein, also heißt er jetzt eben Einstein«, erklärte Meierhofer, der baff war. Ihm einen Hund zu kaufen, war Stefanos Idee gewesen? Unglaublich, aber irgendwie auch logisch. Immerhin hatte er selbst es seit dem Tod ihres letzten Hundes vor etwa zwanzig Jahren nicht geschafft, Irene davon zu überzeugen, dass ein neuer Hund das Beste für sie beide wäre. Aber Stefano, der musste nur ein Telefongespräch mit Irene führen, und schon hatten sie wieder einen Hund. Wäre der junge Gruppeninspektor nicht schwul gewesen, Meierhofer hätte nun wohl tatsächlich einen Hauch von Eifersucht verspürt. Insgeheim wusste er aber, dass es Irene mit Stefano genauso ging wie ihm auch. Sie beide sahen in dem sympathischen jungen Mann ein wenig den Sohn, den sie sich so sehr gewünscht hatten, der ihnen aber aufgrund einiger Fehlgeburten leider verwehrt geblieben war.

Der Chefinspektor blickte seinem Kollegen für einen kurzen Moment direkt in die Augen.

»Danke«, war alles, was er sagte.

»Prego!« Staudinger nahm die Beine vom Tisch. »Und jetzt erzähl endlich, was es mit diesen Drohbriefen auf sich hat!«

Meierhofer nahm einen Schluck seines Cappuccinos, schloss genüsslich die Augen und erzählte: »Sabine Zeilner, die beste Freundin unserer Toten, hat gestern während unseres Gesprächs vergessen, diese Briefe zu erwähnen. Deshalb hat sie einige Male versucht, mich anzurufen, ich Depp hatte aber die Lautlos-Funktion aktiviert. Also, Luzia Eddelinger muss seit einigen Monaten immer wieder mysteriöse Drohbriefe erhalten haben. So, wie man es aus dem Fernsehen kennt, das heißt, aus Zeitungsberichten waren Wörter ausgeschnitten worden, die dann, auf ein Blatt Papier aufgeklebt, eine Nachricht ergeben haben. Zeilner kann sich nur vage an den Inhalt der Briefe erinnern. So was wie *Bald wirst du sterben*. Luzia Eddelinger hat die Briefe laut ihrer Freundin aufgehoben, sich aber nicht getraut, zur Polizei zu gehen. Wahrscheinlich, weil sie doch irgendwie Dreck am Stecken hatte, vermute ich mal.«

»Drohbriefe. Das klingt doch spannend.« Staudinger stand auf. »Meinst du, dass diese Briefe in dem Ringordner waren, an dem sich unser Wohnungsdurchwühler verletzt hat?«

»Entweder das, oder aber sie sind noch in der Wohnung.« Meierhofer blickte wehmütig in seine Hans-Tasse. Schon wieder leer. Das war der richtige Zeitpunkt, um aufzubrechen: »Also, lass uns noch mal zu Luzia Eddelingers Wohnung fahren. Wir haben sie ohnehin noch nicht durchsucht. Wird höchste Zeit. Außerdem wissen wir nun auch, wonach wir suchen sollen.«

»Nach den Briefen. Meinst du, sie sind das fehlende Puzzleteil?«

Staudinger griff nach seinem Autoschlüssel.

»Gut möglich, Stefano. Gut möglich.«

29

In Luzia Eddelingers und Rupert Umhäus' Wohnung herrschte immer noch das Chaos. Natürlich, wer hätte dort auch aufräumen sollen. Meierhofer hatte sich am Tag des Einbruchs Ulrike Umhäus' Schlüssel zur Wohnung geben lassen. Sie hatte nicht lange überlegt. Der Chefinspektor ging davon aus, dass sie einen zweiten besaß. Ganz lupenrein war diese Aktion natürlich nicht gewesen, aber sie würden das mit der Staatsanwaltschaft schon klären. Immerhin war ja, wenn man es nur richtig drehte, doch Gefahr im Verzug. Möglicherweise hatte man es mit einem wahnsinnigen Ritualmörder zu tun, der nur darauf wartete, sein nächstes Opfer zu finden.

»Mach du das Wohnzimmer, ich nehme mir das Schlafzimmer vor«, meinte Staudinger gerade.

»Klar, du kriegst wieder einmal das Schlafzimmer«, konterte Meierhofer flapsig. Staudinger überhörte diesen Kommentar.

»Und vergiss die da nicht!«, ermahnte der Gruppeninspektor seinen Chef stattdessen, als er ihm ein Paar Gummihandschuhe unter die Nase hielt.

»Danke, Stefano, aber so senil bin ich auch noch nicht.«

»Man kann ja nie wissen. Wer nichts findet, muss einen ausgeben.« Staudinger war voller Tatendrang, was wahrscheinlich sowohl seiner Jugend als auch seinem Ehrgeiz zuzuschreiben war.

Meierhofer schmunzelte. »Einen Kaffee, oder was?«

Dann legte er los. Schon wenige Minuten später wusste er, dass Luzia Eddelinger und Rupert Umhäus ein langweilig normales Leben geführt hatten. So wie er selbst eben. In ihrem Wohnzimmer gab es kaum etwas, das aufregend war. Der Großteil der Dinge, die ihn interessierten, kugelte auf dem Boden herum. Als Erinnerung an den Einbruch. Fernbedienungen, Zeitschriften, DVDs, CDs, Controller für die verschiedensten Spielkonsolen, die neben dem Fernseher platziert waren. Es war alles so normal. Nirgends auch nur die geringste Spur von einem Drohbrief oder etwas anderem, das ihnen auf die Sprünge helfen würde.

Auch Stefano, der im Schlafzimmer immer wieder etwas auf Italienisch murmelte, eine Angewohnheit, die der Chefinspektor seit geraumer Zeit bei ihm beobachtete, schien nicht fündig zu werden. Keine Triumphschreie, kein Siegesgeheul. Wahrscheinlich war es im Schlafzimmer auch nicht aufregender als hier. Zwanzig Minuten später bestätigte sich Meierhofers Vermutung.

»Das Aufregendste an diesem Schlafzimmer ist, dass Rupert Umhäus Boxershorts mit Comicfiguren trägt. Da ist ziemlich alles dabei: die Simpsons, Snoopy, Garfield … aber keine Drohbriefe«, murrte Staudinger frustriert, als er aus dem Schlafgemach der Toten und des flüchtigen Verdächtigen kam.

»Im Wohnzimmer sieht's auch nicht besser aus. Lass uns die Küche und das Bad inspizieren, Stefano! Wer nimmt was?«

»Ich nehm' die Küche, du darfst das Bad haben. Immerhin hatte ich schon das Schlafzimmer.«

Der Chefinspektor marschierte schulterzuckend in das nicht allzu große Badezimmer der schmucken Wohnung. Es war klein, aber oho. Blau gefliest, mit einer einladenden Eckbadewanne, an deren Rand Muscheln prangten. Auch andere maritime Details trugen dazu bei, dass man sich in diesem kleinen Raum ein wenig wie am Meer fühlte. Schön. So ein Bad hätte Meierhofer auch gerne gehabt.

Sofort bemerkte der Kriminalbeamte, dass hier alles ordentlich war. Aus irgendeinem Grund hatte die Einbrecherin oder der Einbrecher das Badezimmer nicht durchsucht. Oder aber alles wieder in Ordnung gebracht, was eher unwahrscheinlich war.

Meierhofer nahm als Erstes die Laden des schmalen Schranks, der gleich links neben der Badezimmertür seinen Platz hatte, genauer unter die Lupe: Handtücher, Waschlappen, Slipeinlagen und Tampons – genau die, die Irene auch immer benutzt hatte – Wattestäbchen, Wattepads –, eben alles, was man in einem Badezimmer so brauchte. Unter dem blauen Waschbecken war ebenfalls ein Schrank angebracht, in dem sich ein Erste-Hilfe-Koffer und jede Menge Medikamente befanden. Eddelinger und Umhäus schienen auf alles vorbereitet gewesen zu sein.

»Auf alles, außer Mord«, schoss es dem Chefinspektor durch den Kopf. Aber vielleicht war ja sogar darauf einer der beiden, der flüchtige Rupert Umhäus, vorbereitet gewesen?

Ein kleines Klopapier- und Seifen-Depot, einige Duschgel- und Shampooflaschen und Hunderte bunte Badeperlen. Ende der spannenden Badezimmer-Tour.

»Im Bad ist auch nichts!«, schrie Meierhofer seinem jungen Kollegen zu.

Keine Reaktion.

»Stefano?! Hier ist auch nichts«, versuchte der Chefinspektor es ein zweites Mal.

»Komm mal her, Hans! Ich glaube, ich hab' was!«

Scheiße, wieso hatte er sich nicht für die Küche entschieden? Jetzt musste er Stefano einen ausgeben. Hoffentlich war dessen Fund auch ein gutes Glas Wein wert.

*

»Da, schau!« Staudinger öffnete eines der vielen Küchenkästchen in heller Buche, die über den Köpfen der beiden Kriminalbeamten angebracht waren.

»Ja, und?« Meierhofer konnte beim besten Willen nichts erkennen, was daran in irgendeiner Form seltsam war.

Der Gruppeninspektor deutete auf das Innere des Kästchens.

»Also, da drin waren Nudeln und Reis. Ich hab' das alles bereits ausgeräumt. Weißt du, was mich sofort gewundert hat? Im Vergleich zu den anderen Küchenkästchen in dieser Ebene ist es nicht tief genug. Schau dir die daneben an!« Staudinger öffnete die beiden äußerlich identen Kästchen links und rechts vom besagten, die er ebenfalls leergeräumt hatte.

Tatsächlich! Das mittlere Kästchen war nicht so tief wie die beiden anderen. Meierhofer griff zuerst ins linke, dann ins rechte Kästchen. In beiden verschwand sein Arm bis zum Ellenbogen. Als er das mittlere Küchenkästchen testen wollte, kam er mit seinem Arm nicht mal halb so weit. Er stand an.

»Du meinst, dass da jemand eine zusätzliche Wand eingebaut hat, wenn man so sagen kann, um sich ein Geheimversteck zu schaffen?«, murmelte der Chefinspektor ein wenig aufgeregt.

Staudinger, den ebenfalls das Feuer gepackt hatte, nickte eifrig.

»Genauso muss es sein. Versuchst du, die Zwischenwand wegzubekommen, oder soll ich es machen?«

Meierhofer trat einen Schritt zurück.

»Ehre, wem Ehre gebührt.«

Es dauerte nicht lange, bis Staudinger das Holzbrett, das einfach nur ins Innere des Kästchens geschoben worden war, so gekippt hatte, dass er es rausziehen konnte.

»Das hat sicher Luzia Eddelinger gemacht. Mich wundert nur, dass ihr Rupert die seltsame Konstruktion nicht gefunden hat«, meinte Meierhofer, der gespannt darauf wartete, was sich hinter dem Brett versteckte.

Staudinger zog nun kräftig an dem Buchenbrett. Währenddessen raunte er: »Vielleicht kocht er nicht gerne, der Herr Umhäus. Wird schon einen Grund haben, warum sie gerade die Küche für dieses Geheimversteck gewählt hat.«

Die Vorahnung der beiden Kriminalbeamten bestätigte sich. Der Gruppeninspektor griff vorsichtig nach dem Schnellhefter, der sich im Inneren des Küchenkästchens befand. Außerdem beförderte er auch ein schmales Buch nach draußen, das auf der dünnen Mappe lag.

Ein Blick auf den Schnellhefter reichte, und beide Männer wussten, dass sie die Drohbriefe gefunden hatten. Sie waren tatsächlich aus Zeitungsausschnitten zusammengebastelt worden. Was Staudinger und Meierhofer aber ins Staunen versetzte, war der Titel des Buches, das sie auf den Drohbriefen gefunden hatten:

Leihmutterschaft – Chance oder Risiko?

*

Die beiden Kriminalbeamten hatten die Drohbriefe nebeneinander auf der Küchenanrichte aufgelegt. Nun sogen beide das Bild stumm in sich ein. Es waren sieben Schreiben, die jemand aus Teilen von Zeitungsartikel-Schlagzeilen zusammengebastelt hatte. Interessanterweise handelte es sich immer um den gleichen Text:

Der Tod ist nahe.

Nach einer Weile meinte Meierhofer: »Wer immer das verfasst hat, hat dazu verschiedene Zeitungen genommen. Schau mal, das da ist sicher aus dem Kurier, das aus der Krone, das aus der Presse und das ganz klar aus dem Standard, wie man an der Farbe leicht erkennen kann. Er oder sie wollte also auf keinen Fall durch die Drohbriefe auf sein Zeitungsleseverhalten schließen lassen.«

»Stimmt«, nickte Staudinger. »Hätte er oder sie nur Wörter aus einer der Zeitungen benutzt, hätte uns das möglicherweise weitergeholfen. Wir haben es also mit jemandem zu tun, der sehr bedacht an die Sache herangeht. Das könnte wieder auf Luzia Eddelingers Eltern hindeuten.«

Meierhofer protestierte heftig. »Bei aller Liebe, Stefano, aber das glaube ich nicht. Dass Eltern ihr Kind vielleicht aus irgendeinem *Wir müssen es erlösen*-Wahn heraus töten, kann ich mir unter Umständen gerade noch vorstellen, aber dass sie ihrem eigen Fleisch und Blut Drohbriefe schicken, das geht gar nicht. Nein, ich glaube, die Gilgens haben mit der Sache nichts zu tun.«

»Und was sollte dann die Nachricht auf der Heckscheibe ihres Autos?«, konterte Staudinger.

»Damit wollten sie sicher darauf hinweisen, dass sie ihr Kind im Stich gelassen haben – deshalb sind sie Sünder. Ist doch klar«, kam es wie aus der Pistole geschossen.

Staudinger seufzte. »Auch wieder wahr. Die Gilgens waren es also wohl eher nicht.«

Der Chefinspektor fuhr sich mit der rechten Hand über seinen Vollbart. Wer konnte ihr Drohbriefschreiber sein? Rupert Umhäus? Das war auch nicht besonders wahrscheinlich. Immerhin lebte er mit Luzia Eddelinger unter einem Dach. Wann hätte er diese Briefe verfasst und aus welchem Grund? Und Engelbert Eddelinger? Der hätte wohl schon alleine damit Schwierigkeiten gehabt, an die österreichischen Zeitungen zu kommen. Aber vielleicht auch nicht? Möglicherweise war es seine Art gewesen, sich an seiner Ex zu rächen?

»Weißt du, was mich vor allem stutzig macht, Hans?«

»Nein, aber du wirst es mir sicher gleich verraten.«

Sie waren schon wie ein altes Ehepaar. Benutzten immer wieder die gleichen Floskeln.

Staudinger ging einen Schritt auf die Anrichte zu und hob das Buch auf.

»Dieses Buch. Warum hatte Luzia Eddelinger ein Buch zum Thema Leihmutterschaft? Und warum hat sie es in der Küche versteckt?«

Einen Moment lang passierte gar nichts. Es war nur still. Doch dann, dann war es endlich soweit! Da war er, der Meierhoferische Geistesblitz, der in diesem Fall so lange auf sich hatte warten lassen. Der Chefinspektor sah plötzlich alles ganz klar vor sich. Es musste einfach so sein. »Stefano! Jetzt hab' ich's! Jetzt weiß ich endlich, warum Luzia Eddelinger sterben musste.«

Staudinger schien diese Erleuchtung noch verwehrt zu sein. Er machte eine auffordernde Geste. »Okay. Also, schieß los!«

Meierhofer räusperte sich, bevor er zu seiner Erklärung ansetzte: »Wir haben doch von mehreren Seiten gehört, dass Luzia Eddelinger, nachdem sie aus der Schweiz zurück nach Österreich gekommen war, unter massiven Geldproblemen gelitten hat. Außerdem hat Dominik gemeint, dass sie angeblich sogar ihren Körper verkauft hat, um an Geld zu kommen, und Sabine Zeilner hat mir erzählt, dass ihre Freundin die eine oder andere Dummheit für Geld gemacht hat. Was ist aber, wenn mit Körper verkaufen in diesem Fall gar nicht Prostitution gemeint ist, sondern etwas anderes, nämlich«, der Chefinspektor nahm seinem Kollegen das Buch aus der Hand, »das hier. Eine Leihmutterschaft.«

Nun leuchteten auch Staudingers Augen auf. Er übernahm: »Du meinst, Luzia Eddelinger hat einem Paar, das keine Kinder bekommen kann, ihren Körper zur Verfügung gestellt? Sie wird ja auch schwanger, lernt dann aber Rupert Umhäus kennen und treibt ab, um ihre gemeinsame Zukunft mit ihm nicht zu gefährden.«

Meierhofer nickte. »Genau, und das war dann ihr Todesurteil. Sie hat damit einen Vertrag gebrochen – möglicherweise waren deshalb die Blutspuren und Hautschuppen auf der Vertragsmappe – und sie hat sich für das Paar, für das sie zur Leihmutter geworden wäre, vom Engel zum Teufel verwandelt. Es passt einfach …«

»Perfekt«, ergänzte Staudinger. »Absolut perfekt. Warum sind wir da nicht gleich draufgekommen? Dann ist es auch, wie dein Lukas gemeint hat. Die Rune auf der Schneide der Holzaxt steht für die Abtreibung, und der Teufelssturz-Schriftzug erklärt sich dann auch von selbst. Luzia Eddelinger, der gefallene Engel.«

»Und wir wissen, warum Eddelinger nicht die Hilfe der Polizei gesucht hat, als sie die Drohbriefe erhalten hat. Immerhin ist Leihmutterschaft in dieser Form in Österreich verboten. Ein rechtlich gültiger Vertrag kann es also gar nicht gewesen sein, der aus der Mappe genommen wurde. Aber vielleicht war es irgendein schriftliches Abkommen, das uns auf die Spur der Täter geführt hätte.« Meierhofer fuhr sich nonstop durch den Bart. Kein Wunder, immerhin arbeitete sein Gehirn auf Volltouren.

Staudinger ging in der großen Küche auf und ab.

»Möglicherweise haben unsere Täter, wenn es wirklich zwei sein sollten, die Wohnung auch nach den Drohbriefen durchsucht und deshalb alles durchwühlt. Vielleicht haben wir Glück, und Gregor und seine Leute finden irgendwelche Spuren darauf.«

Meierhofer schüttelte den Kopf.

»Ich befürchte, das Glück haben wir nicht. Dazu sind die Täter zu vorsichtig. Aber weißt du, was ich gerade nicht verstehe? Wenn Luzia Eddelinger tatsächlich vor dem Paar, für das sie ursprünglich ein Kind hätte bekommen sollen, Angst haben musste, warum ist sie mit diesem dann auf die Burgruine Aggstein gefahren? Das ergibt doch keinen Sinn. Der Kassier dort hat uns nichts davon erzählt, dass Eddelinger ängstlich gewirkt hätte, so, als ob sie entführt oder zu etwas gezwungen worden wäre.«

»Vielleicht hatte sie keine Angst mehr. Möglicherweise hat davor eine Versöhnung stattgefunden. Eine, die aber von Seiten der Täter natürlich nicht ernst gemeint war. Sie wollten sie in Sicherheit wiegen, damit sie ihren Plan ohne Probleme durchführen konnten. … Es könnte allerdings auch sein, dass Luzia Eddelinger herausbekommen hat, dass Rupert Umhäus keine Kinder zeugen kann. Ihr wird bewusst, dass das Kind – also das zweite – von Engelbert Eddelinger ist, sie denkt an das Paar zurück, das schon einmal ein Kind von ihr wollte, und bietet diesem einen Deal an.«

Staudinger blieb abrupt stehen.

»Du meinst, sie hätte ihnen ihr zweites Kind gegeben? Unsere Täter gehen zum Schein auf den Deal ein, zur Versöhnung oder Feier des Vertragsabschlusses, wenn man so sagen will, fahren sie gemeinsam zur Burgruine Aggstein, und dort ziehen sie dann ihren perfiden Plan durch. … Glaubst du, dass Rupert Umhäus möglicherweise in all das eingeweiht worden war? Wusste er von dem Deal?« Der Chefinspektor blickte seinen jungen Kollegen fragend an.

Der begann nun wieder, in der Küche auf und ab zu gehen.

»Vielleicht schon. Oder aber Engelbert Eddelinger hatte etwas damit zu tun. Immerhin ist seine Exfrau vor ihrem Tod bei ihm gewesen. Gehen wir einmal davon aus, dass Luzia Eddelinger mittlerweile wusste, dass Rupert Umhäus zeugungsunfähig war.

Sie überrascht ihn mit der Nachricht von ihrer Schwangerschaft, er zuckt aus, weil er ja keine Kinder zeugen kann, wirft ihr das an den Kopf. Sie ist entsetzt, dass er diese Tatsache vor ihr geheim gehalten hat, trennt sich von ihm und flüchtet Hals über Kopf zu ihrem Exmann nach Bern, weil sie nun weiß, dass er der Vater des Kindes sein muss. Luzia Eddelinger versucht, ihren Ex von einer gemeinsamen Zukunft zu überzeugen, er will das aber partout nicht und verlangt von ihr, das Kind loszuwerden. Sie erzählt ihm von dem Angebot des kinderlosen Paares. Engelbert Eddelinger findet die Idee, das Kind zu verkaufen genial, wahrscheinlich, weil dabei auch eine schöne Stange Geld für ihn rausspringen könnte – skrupellos genug ist er ja anscheinend –, überredet Luzia, auf den Deal einzugehen, und bietet ihr an, mitzuspielen. Vielleicht, indem er sie während der Schwangerschaft in der Schweiz versteckt, was den Plan leichter durchführbar macht.«

Meierhofer wollte gerade etwas erwidern, als ein Geräusch die beiden Inspektoren zusammenzucken ließ. Es war das Geräusch eines Schlüssels, der im Schloss an der Haustür umgedreht wurde.

30

Meierhofer legte seinen rechten Zeigefinger auf seine Lippen, was von Staudinger mit einem stummen Nicken beantwortet wurde. Die beiden hielten die Luft an. Wer würde ihnen möglicherweise gleich gegenüberstehen? Der Chefinspektor, dem die Anspannung deutlich anzusehen war, hatte da so eine Vermutung.

Wie als Kind beim Indianerspielen schlich er auf Zehenspitzen einige Meter vorwärts, um dann aus der Küche rausspähen zu können. In Richtung Vorhaus, wo gerade die Haustür knarrend aufging. Wenig später erkannte Meierhofer auch schon die üppige Figur jener Dame, deren Gesicht er schon beim ersten Geräusch des Schlüssels im Türschloss innerlich vor sich gesehen hatte: Ulrike Umhäus.

Warum war sie hergekommen? Was tat sie hier, in der Wohnung ihres Sohnes und ihrer verstorbenen Beinahe-Schwiegertochter? Wollte sie etwa die zahlreichen Blumen gießen? Nein, nach Blumengießen sah das, was Rupert Umhäus' Mutter da tat, nicht aus. Sie zog gerade ein Paar Gummihandschuhe über, das sie in ihrer Handtasche versteckt gehabt hatte. Dann begann sie, das Chaos, das im Wohnzimmer herrschte, noch zu verschlimmern. Sie suchte ganz eindeutig etwas. Aber was?

Mit einem Winken deutete der Chefinspektor seinem Kollegen, zu ihm aufzuschließen. Dieser tat, wie ihm geheißen. Beide beobachteten Ulrike Umhäus, wie sie sich, knallrot im Gesicht, hektisch durch das Chaos auf dem Wohnzimmerboden kämpfte. Ihr gesamtes Gehabe strahlte Panik aus. Meierhofer meinte sogar, einige Tränen auf ihren Wangen ausmachen zu können.

Er fand, dass die Zeit gekommen war, einzugreifen.

»Frau Umhäus, was machen Sie denn hier?!«, donnerte er, während er ein paar Schritte auf das Wohnzimmer zu machte. Er war dabei auf alles bedacht. Zwar ging er nicht davon aus, dass Rupert Umhäus' Mutter gefährlich war, aber wissen konnte man es nie. Eine Schusswaffe machte sogar das zierlichste Mauerblümchen zu einer gefährlichen Amazone. Wobei zierlich auf Frau Umhäus ohnehin nicht zutraf. Gefährlich hoffentlich auch nicht.

Die Frau zuckte zusammen, als sie die Stimme des Chefinspektors hörte. Nervös stotterte sie: »H… He… Herr Kommissar? Aber … wieso … heute ist doch Sonntag?«

Staudinger trat aus Meierhofers Windschatten.

»Tja, da schauen Sie, Frau Umhäus. Wir Beamten sind doch nicht so faul, wie uns gerne nachgesagt wird. Hätten Sie die Güte, uns zu erzählen, was Sie hier treiben?« Der Gruppeninspektor schien heute in Bad-Cop-Laune zu sein. Also musste Meierhofer den Gegenpart übernehmen: »Aber, aber, Stefano, Frau Umhäus räumt wahrscheinlich nur auf, nicht wahr, Frau Umhäus?«

Das Gesicht der Frau nahm einen noch dunkleren Rotton an. Sie fühlte sich ertappt. Der Chefinspektor ging davon aus, dass sie eine ehrliche Haut war, eine weitere Vermutung, die sich nun ebenfalls bestätigte. Tränenüberströmt packte Ulrike Umhäus aus: »Nein, Herr Kommissar. Das tue ich nicht. Ich suche etwas. Etwas, das ich unbedingt finden muss. Sonst lassen die meinen Buben nicht frei.«

*

Ulrike Umhäus und die beiden Kriminalbeamten saßen um den Küchentisch aus Buche, Meierhofer und die Mutter ihres verschollenen Verdächtigen eine Tasse Kaffee in den Händen, Staudinger ein großes Glas Leitungswasser. Das war nötig gewesen, um die dem Nervenzusammenbruch gefährlich nahekommende Frau ein wenig zu beruhigen.

»Frau Umhäus, bitte, noch mal von vorne! Wer hält Ihren Buben gefangen und warum?« Meierhofer redete mit Engelszungen auf die verzweifelte Mutter ein. Diese schluchzte noch ein paar Mal, begann dann aber zu erzählen: »Ich hätte Sie schon früher einweihen sollen, Herr Kommissar. Es tut mir leid, dass ich es nicht getan habe. Aber ich habe mich nicht getraut. Also, am Tag nach Ruperts Verschwinden habe ich einen Anruf von einer unterdrückten Nummer bekommen. Eine seltsam verzerrte Stimme war dran, so eine metallisch klingende. Wie in einem dieser Horrorfilme.«

Staudinger wusste, dass es nicht besonders schwierig war, einen Stimmenverzerrer zu besorgen, mit dem man diesen Effekt erreichen konnte. Es gab im Internet jede Menge kostenloser Software-Downloads, das wusste er, weil er schon einmal in diese Richtung recherchiert hatte.

»Was wollte denn diese verzerrte Stimme von Ihnen?«, fragte der Gruppeninspektor gespannt nach.

Ulrike Umhäus zog ein Taschentuch aus ihrer Hosentasche, putzte sich lautstark die Nase und fuhr dann fort: »Der Typ am Telefon hat mir erzählt, dass er Rupert hat, eigentlich hat er *Wir haben Ihren Sohn* gesagt. Er hat gemeint, dass Rupert sich eines Verbrechens schuldig gemacht hat und dass er nun dafür büßen muss. Ich könnte ihm allerdings helfen, wenn ich den Schlüssel zu seiner Wohnung unter der Fußmatte vor dieser verstecken würde. Zum Glück hatte ich zwei Schlüssel zu Ruperts Wohnung. Das war alles, dann hat der Kerl aufgelegt.«

Die beiden Inspektoren blickten einander an. Jetzt machte alles Sinn! Rupert Umhäus hatte sich gar nicht ins Ausland abgesetzt. Er war anscheinend entführt worden. Möglicherweise waren seine Entführer dem Taxi nach Wien gefolgt und hatten am Flughafen den richtigen Moment abgewartet, um Rupert Umhäus mit sich zu nehmen. Außerdem wussten sie nun auch, wie die Einbrecher in die Wohnung gekommen waren. Mit Ulrike Umhäus' Schlüssel.

Meierhofer trank einen Schluck Kaffee, dachte daran, dass nun bald wieder die Zeit für Zimt im Kaffee war, und sagte: »Hat sich dieser Typ, wie Sie ihn genannt haben, noch einmal gemeldet?«

Ulrike Umhäus nickte. »Ja, heute Vormittag. Er meinte, dass er etwas in der Wohnung vergessen hätte. Damals, bei dem Einbruch. Und zwar einige Briefe, aus Zeitungsartikeln zusammengeschnipselt. Ich sollte sie suchen – heute, weil am Sonntag keine Polizeibesuche zu befürchten wären.«

»So kann man sich täuschen«, murmelte Staudinger.

»Ich bin jetzt aber ganz froh, dass Sie da sind, Herr Kommissar. Die Briefe sollte ich, wenn ich sie gefunden hätte, im Stadtpark in einen Mistkübel schmeißen. Man hat mir gesagt, dass Rupert, wenn ich alles befolgen würde, bald wieder frei wäre. Aber mein Gefühl sagt mir, dass er in Gefahr ist, der Bub. Er ist in den Fängen Verrückter. Sie müssen ihm helfen, Herr Kommissar. Bitte!«

Der Chefinspektor tat etwas für ihn Ungewöhnliches. Er griff nach Ulrike Umhäus' Hand und meinte beruhigend: »Wir finden ihn, Frau Umhäus, versprochen.«

Ein skeptischer Blick Staudingers zeigte ihm, dass dieser weit weniger optimistisch war.

»Aber diese Drohbriefe! Ich habe sie nicht gefunden. Eigentlich hatte ich ja noch gar keine Zeit zum Suchen, und sie wollten sich doch heute, am Sonntag, wieder bei mir melden, diese Entführer. Ich muss die Briefe unbedingt finden!« Die Mutter des Verschollenen kämpfte erneut gegen die Tränen.

Staudinger ging zum Küchenkästchen, in das er die Briefe und das Buch zurückgelegt hatte, als er den Schlüssel in der Tür gehört hatte, zog diese nun heraus und legte sie vor Ulrike Umhäus auf den Tisch.

»Das müssen Sie nicht, Frau Umhäus. Wir haben sie nämlich bereits gefunden.«

Ulrike Umhäus starrte entsetzt auf die Drohschreiben.

»U…und, was machen wir jetzt?«, stammelte sie nervös.

Meierhofer fuhr sich durch seinen Vollbart: »Wir machen Folgendes …«

*

Die beiden Kriminalbeamten lagen auf der Lauer. Sie versteckten sich hinter ein paar hohen Büschen. Von hier aus hatten sie den perfekten Blick auf den Mistkübel, in den Ulrike Umhäus die Drohbriefe legen sollte. Sie hatten ihr natürlich nicht alle Schreiben gegeben. Schlimm genug, dass sie überhaupt welche abgeben mussten – immerhin bestand so die Gefahr, wertvolle Spuren zu verlieren. Aber die Aussicht, den oder die Täter beziehungsweise die Täterin auf frischer Tat zu ertappen, war zu verlockend. Mit der Mutter des Abgängigen hatten sie ausgemacht, dass sie bei einem weiteren eventuellen Telefongespräch mit dem verdächtigen, mysteriösen Stimmenverzerrten angeben sollte, nur drei Drohbriefe gefunden zu haben. Das war nicht allzu unwahrscheinlich. Das Risiko, sie mit leeren Händen zum Mistkübel zu schicken, wollten beide nicht eingehen. Wenn Rupert Umhäus tatsächlich in Gefahr war, mussten sie alles daran setzen, seine Kidnapper, wenn es denn welche gab, aufzuhalten, bevor sie ihm Ähnliches antun konnten wie seiner Verlobten.

»Und was ist, wenn Ulrike Umhäus eine begnadete Schauspielerin ist, die uns reinlegen will? Vielleicht gibt's ja gar keine Entführung. Möglicherweise steckt ihr Sohn dahinter. Könnte doch sein, dass er damit von sich ablenken will«, flüsterte Staudinger, während er sein Gewicht von einem Bein auf das andere verlagerte. Bequem war es nicht gerade, dieses auf der Lauer Liegen.

Gerade schlenderte Ulrike Umhäus auf den Mistkübel zu. Sie sah dabei vollkommen unauffällig aus. Wie eine Spaziergängerin, die am Sonntag durch den herbstlichen Park flanierte.

»In ein paar Monaten steht hier wieder ein Christbaum neben dem anderen«, schoss es Meierhofer durch den Kopf. Ein ziemlich unpassender Gedanke. Tatsächlich brachte er den Stadtpark vor allem mit zwei Dingen in Verbindung: dem alle zwei Jahre stattfindenden Volksfest, währenddessen der Park zu einer Art Mini-Würstelprater umfunktioniert wurde, und den Christbaumverkäufern vom Jauerling, die vor Weihnachten im Kremser Stadtpark ihre Bäume an die Frau oder den Mann bringen wollten.

Der Chefinspektor zwang sich dazu, seine Aufmerksamkeit wieder auf Ulrike Umhäus zu lenken. War sie möglicherweise tatsächlich eine Betrügerin? Steckte sie mit ihrem Sohn unter einer Decke? Sein Bauch sagte nein, und sein Bauch hatte eine durchaus gewichtige Stimme.

»Ich glaube nicht, dass sie uns was vorspielt, Stefano. Sie ist ehrlich verzweifelt.«

Die vollschlanke Frau war am vereinbarten Mülleimer angekommen. Sie blieb stehen, blickte sich kurz um und ließ dann die Drohbriefe in den Mistkübel fallen. Dann ging sie noch eine Runde, bevor sie zu ihrem Auto zurückmarschierte und, wie es mit den beiden Kriminalbeamten abgemacht war, nachhause fuhr.

Die Spannung stieg. Was würde nun als Nächstes geschehen? Meierhofer und Staudinger hofften vor allem, dass sie in ihrem Versteck nicht auffliegen würden. An einem sonnigen Herbstsonntag wie diesem war der Stadtpark nämlich ziemlich gut besucht. Gerade spazierte ein nicht mehr ganz junges Paar mit Hund an ihnen vorbei. Sofort musste der Chefinspektor an Einstein denken. Dem würde es hier sicher auch gefallen. Als sich das Paar dem Mistkübel näherte, in den Ulrike Umhäus die Drohbriefe geworfen hatte, hielten beide Inspektoren reflexartig die Luft an. Der Mann blieb stehen und beugte sich über den Mülleimer, um kurz darauf ein benutztes Taschentuch in diesem zu versenken.

Danach griff er nach einer Kastanie, die am Gehweg lag, »Hol's Balli!«, und warf sie seinem Hund zu, der begeistert hinter dem improvisierten Balli herhetzte. Mit der Leinenpflicht nahm man es anscheinend nicht so genau.

»Was die Staatsanwaltschaft von unserem Alleingang halten wird?«, wisperte Staudinger, den wieder einmal die Ungeduld packte.

Meierhofer zuckte mit den Schultern. Damit würde er sich später beschäftigen.

»Wir geben ein ziemlich doofes Bild ab.« Der Gruppeninspektor fühlte sich nicht besonders wohl in seiner Haut. »Hoffentlich ist das alles nicht umsonst.«

War es aber. Zwei Stunden später war die Situation unverändert. Bis auf die Tatsache, dass weder Staudinger noch Meierhofer sich noch rühren konnten. Ihre Beinmuskeln schliefen kollektiv. Zu allem Übel gab es nicht die geringste Spur von irgendwelchen Kidnappern. Die Drohbriefe lagen immer noch da, wo Ulrike Umhäus sie entsorgt hatte. »Mich freut's nicht mehr, Stefano. Ich geh' zum Auto und telefoniere dort in Ruhe mit den uniformierten Kollegen. Vielleicht können sie uns Verstärkung schicken – natürlich in Zivil.«

»Glaub' ich nicht, dass die für so was Zeit und Leute haben, Hans. Noch dazu an einem Sonntag im Herbst – wir haben Heurigen-Hochsaison! Außerdem liegt das eigentlich nicht in deiner Macht.« Staudinger war wieder einmal der Optimismus in Person.

Der Chefinspektor ließ sich davon nicht beirren: »Probieren kann ich's ja. Halte du einstweilen hier die Stellung!«

Staudinger salutierte übertrieben. »Aye, aye, Sir! Meinen scharfen Augen entgeht nichts.«

31

Während Meierhofer zum Auto spazierte – auf Hasten hatte er keine Lust, so eilig hatte er es auch wieder nicht – hielt Staudinger im Park die Stellung. Den magischen Mistkübel immer im Visier.

Doch nichts geschah, absolut nichts, bis dem jungen Kriminalbeamten plötzlich einige Jugendliche ins Auge stachen. Es schien sich um zwei Gruppen Halbstarker – drei gegen drei – zu handeln, die anscheinend nicht mehr ganz nüchtern waren. Sie stänkerten einander an, was Staudinger noch halbwegs hätte ignorieren können, doch als einer der Burschen anfing, einen anderen zu schubsen, und zwar so heftig, dass dieser im perfekt gepflegten Rasen landete, griff er ein. Er trat aus seinem Versteck, ging rasch auf die Jugendlichen zu und versuchte, zu beruhigen: »Sachte, sachte, Leute! Ihr wollt doch keinen Ärger bekommen, oder?«

Einer der Burschen, den Staudinger auf etwa siebzehn Jahre schätzte, baute sich vor dem Gruppeninspektor auf: »Misch dich nicht ein, du Tschusch, oder bist ein Itaker? Sonst kriegst nämlich du Ärger.« Er machte eine drohende Handbewegung und nickte einem seiner Kumpel aufmunternd zu. Der leistete sofort die erwartete Schützenhilfe: »Genau, schleich dich zurück – dorthin, wo du herkommst!« Staudinger überlegte, ob er noch ein wenig abwarten sollte, entschied sich dann aber dagegen. Auch die anderen vier zeigten bereits aggressive Tendenzen. Es würde nicht mehr lange dauern, bis alle sechs auf ihn losgehen würden. Das war ihm dann doch zu riskant. Sechs gegen einen, da hatte nicht mal er eine Chance. Deshalb zog er seinen Dienstausweis und bellte: »Kriminalpolizei! Schon mal was von Beamtenbeleidigung gehört, meine Herren?! Die ist übrigens nicht das einzige

Problem, das ihr haben werdet, wenn ihr nicht sofort Ruhe gebt! Also, ihr vertragt euch jetzt und geht nachhause. Schlaft gefälligst dort euren Rausch aus!«

»Scheiße, ein Kiberer«, entfuhr es einem der Jugendlichen.

»Wir gehen ja schon«, ergänzte ein anderer, während er dem am Boden Liegenden selbstlos aufhalf.

Tatsächlich rauschten alle sechs im Einklang in Richtung Steiner Tor ab. Das »Depperter Kiberer!«, das einer von ihnen dabei flüsterte, ignorierte der Gruppeninspektor einfach. Es half ohnehin nichts, wenn er sich darüber aufregte. Begegnungen dieser Art brachte sein Beruf eben mit sich. Sein südländisches Aussehen war da leider nicht immer eine Hilfe. Von flächendeckender Toleranz konnte er nur träumen. Gott sei Dank sah man ihm nicht an, dass er homosexuell war, sonst hätte er für viele seiner »Klienten« wohl eine doppelte Zielscheibe abgegeben. Schlimm, dass es immer noch so viele engstirnige Menschen gab.

Als Staudinger kopfschüttelnd zurück zu seinem Versteck eilte, kam er an dem Mistkübel vorbei, den er eigentlich nonstop hätte beobachten sollen. Er blickte kurz in den, von einem benutzten Papiertaschentuch abgesehen, leeren Mülleimer und marschierte dann weiter. Erst, als er wieder hinter der Hecke hockte, wurde ihm bewusst, was er eben gesehen hatte.

»Al diavolo!«, fluchte der Gruppeninspektor, doch das half ihm nun auch nichts mehr.

*

Die Stimmung in Staudingers Wagen hätte man ohne Weiteres als unterkühlt bezeichnen können. Während Meierhofer, innerlich kochend, stumm aus dem Beifahrerfenster starrte, war sein junger Kollege, der sich selbst hätte ohrfeigen können, zu hundert Prozent auf den Verkehr konzentriert. Seit Staudinger seinem Chef gebeichtet hatte, was während dessen Abwesenheit im Stadtpark geschehen war, hatten die beiden kein Wort mehr gewechselt. Der

Chefinspektor war nicht leicht aus der Fassung zu bringen, aber Staudingers Versagen kratzte sehr an seinen ohnehin schon ein wenig blank liegenden Nerven. Der Fairness halber musste er sich aber eingestehen, dass auch er selbst schon öfters die eine oder andere Sache verbockt hatte. Erst vor zwei Jahren, als sie mit diesen rätselhaften Stimmenfällen zu kämpfen gehabt hatten, hatte er kläglich versagt. Wäre Stefano damals nicht gewesen. Meierhofer mochte gar nicht daran denken, was dann möglicherweise geschehen wäre. Also vielleicht war es nach einigen Minuten des Schweigens doch an der Zeit, einen Schritt auf den Gruppeninspektor zuzugehen: »Schwamm drüber, Stefano! Ich hätte dich nicht alleine lassen dürfen. Wäre ich nicht zum Auto gegangen, hätte einer von uns die Sache mit den Jugendlichen klären können, während der andere weiter den Mistkübel observiert hätte.«

»Das ist lieb von dir, Hans, aber es war ganz alleine meine Schuld. Hätte ich mich bloß nicht in die Streiterei eingemischt! Dann hätte ich gesehen, wer sich die Drohbriefe geschnappt hat. Dann wüssten wir vielleicht schon, wer hinter dem Mord an Luzia Eddelinger steckt. Ich bin so ein Stronzo!« Staudinger konnte mit einer Niederlage wie dieser nur schwer umgehen.

Meierhofer seufzte. »Hätt i war i bringt uns jetzt aber auch nicht weiter, Stefano. Es ist vorbei. Vergiss es! Du kannst es ohnehin nicht mehr rückgängig machen. Außerdem – wer weiß, was passiert wäre, wenn du diesen Streit nicht geschlichtet hättest. Dann hätte es möglicherweise Verletzte gegeben. Wir müssen eben einen anderen Weg finden, um dahinterzukommen, wer Rupert Umhäus gefangen hält – vorausgesetzt natürlich, er wurde überhaupt entführt. Hoffen wir, dass auf den restlichen Drohbriefen Spuren zu finden sind. Gregor wird zwar nicht begeistert sein, wenn wir ihn an einem Sonntag um Hilfe bitten, aber wenn ich ihm dafür die schönste Gregor-Tasse aller Zeiten verspreche, können wir ihn vielleicht ins Büro locken.«

Ein winziges Lächeln umspielte die Lippen des Gruppeninspektors. Er überlegte einen Moment, dann konterte er: »Ich nehme an, mit der Aktion eben habe ich meine Chance auf eine Stefano-Tasse für immer verspielt.«

»Allerdings, mein Lieber. Damit reicht es höchstens noch für einen Eierbecher«, erwiderte Meierhofer, ebenfalls schmunzelnd. Gott sei Dank, die Stimmung zwischen ihnen passte wieder. Sie waren eben alle nur Menschen, und jeder Mensch machte mal Fehler. Auch wenn es in diesem Fall ein besonders dummer Fehler gewesen war.

*

Sie waren gerade wieder im Büro angekommen, als Meierhofers Handy Sturm läutete. Dieses Mal für alle Anwesenden unüberhörbar.

»Meierhofer!«, bellte der Chefinspektor, der es als Zumutung empfand, dass man ihn nun sogar schon am Sonntag störte, der wohlige Klang einer weiblichen Stimme besänftigte ihn aber sofort.

»Roberta, das ist aber schön, dass du dich meldest. Gibt's was Neues?« Staudinger deutete seinem Chef, die Lautsprecher-Funktion zu aktivieren, was dieser auch sofort tat. Nun konnte auch der Gruppeninspektor hören, was ihnen die Berner Kollegin zu berichten hatte.

»Guten Tag, Frau Zwiggli!«, grüßte Staudinger, höflich wie immer.

»Ah, der Herr Staudinger. Hans kann froh sein, dass er einen so engagierten Kollegen wie Sie hat. Sogar am Sonntag fleißig, toll! Also, weshalb ich anrufe, ist Folgendes: Mir hat euer Mordfall keine Ruhe gelassen, deshalb habe ich nun ein wenig weitergeforscht, wie das mit eurer Toten und ihrem Ex so war am 19. September, also am Tag vor ihrem Tod. Das Gespräch mit Engelbert Eddelinger kann ich zwar erst morgen führen, aber ich habe auch ohne dessen Hilfe meine Fühler ausgestreckt. Dabei habe ich ganz Interessantes erfahren. Ich weiß, dass Eddelinger seine Exfrau mit seiner BMW-3er-Limousine vom Hotel abgeholt hat, ein blaues Exemplar laut der Aussage meines Bekannten, ihr wisst schon, dieses Portiers. Ich habe dann dank der Hilfe der Autobahnpolizei herausgefunden, dass er mit ihr bis zum Grenzübergang Lustenau gefahren ist. Dort hat die Videoüberwachung dann etwas Interessantes festgehalten. Eddelinger hat die Grenze gar nicht passiert. Er hat seine Exfrau aussteigen lassen, und die ist, eine große Reisetasche in den Händen, in einen Wagen mit Melker Kennzeichen gestiegen. Einen weißen Mercedes. Tja, klug, wie ich bin, habe ich mir die Autonummer notiert. Ab da überlasse ich die Sache euch. Also, die Nummer ist ...«

Staudinger notierte aufgeregt die Autonummer, die Roberta Zwiggli ihnen diktierte. Sie hatten wieder eine Spur! Trotz seines Versagens vorhin waren sie den Tätern, sie gingen mittlerweile mit ziemlicher Sicherheit davon aus, dass es mehrere waren, gerade wieder ein Stück nähergekommen.

»So, das war's aus der Schweiz. Vergiss das Offizielle nicht, Hans! Und schick mir bitte ein paar Gläser Marillenmarmelade! Aber aus echten Wachauer Marillen.«

»Das Offizielle hat Stefano schon in die Wege geleitet, und die Marmelade schicke ich morgen gleich weg, versprochen. Danke, Roberta! Du bist ein Schatz«, erwiderte Meierhofer, der nun ebenso aufgeregt war wie sein junger Kollege.

Die Berner Kriminalbeamtin flötete noch ein »Ich weiß«, dann wurde die Verbindung unterbrochen.

»Kümmerst du dich um Namen und Adresse des Autobesitzers, Stefano? Ich glaube, er oder sie ist die Person, die wir suchen. Beziehungsweise sie sind die Personen, die wir suchen.«

Staudinger nickte und fuhr seinen Computer hoch.

Meierhofer marschierte einstweilen nervös im Büro auf und ab. Er hatte so ein seltsames Gefühl im Bauch. Die nächsten Stunden versprachen, spannend zu werden. Sehr spannend.

*

Zehn Minuten später wussten sie alles. Der weiße Mercedes war auf einen Harald Trompl, einen wohlhabenden Unternehmer, zugelassen, der mit seiner Frau Sigrid in Melk wohnte, aber auch eine Wohnung in Krems besaß. Eine Wohnung in der Mitterau, die gar nicht weit von der Außenstelle des Landeskriminalamtes entfernt war.

»Lass uns als Erstes zur Wohnung schauen. Danach können wir dann nach Melk fahren, wenn es nötig sein sollte«, meinte Meierhofer, während er einen großen Schluck Kaffee hinunterstürzte. Immerhin hatten sie es eilig.

Staudinger runzelte die Stirn und sagte dann: »Willst du Verstärkung anfordern? Oder bringt das im Moment nichts?«

Meierhofer, der aus der Sache vor zwei Jahren nicht wirklich gelernt hatte, schüttelte den Kopf.

»Wir haben doch nur einen ziemlich vagen Verdacht, Stefano. Außerdem ist heute Sonntag. Schauen wir mal alleine zur Wohnung. Dann können wir immer noch überlegen, wie wir weiter vorgehen.«

*

Meierhofer drückte schon zum zweiten Mal die Türklingel, auf deren Schild Trompl stand, doch, wie er befürchtet hatte, geschah gar nichts. Also überlegte er nicht lange und klingelte einfach bei einem der anderen Bewohner des Hochhauses, vor dem Staudinger und er standen.

»Ja, bitte?«, war sofort die freundliche Stimme einer älteren Dame zu hören. Gut, sehr gut, wenn die etwas wusste, würde sie ihnen sicher weiterhelfen.

»Kriminalpolizei. Könnten Sie uns bitte reinlassen?«, erwiderte der Chefinspektor, in der Hoffnung, die Frau richtig eingeschätzt zu haben. Er hatte.

»Aber sicher. Moment bitte.« Schon ertönte das leise Summen des Türöffners. Staudinger stieß die schwere Haustür auf und begann sofort, die Stiegen hochzulaufen. »Zweiter Stock«, rief Meierhofer, der es weniger eilig hatte, dem Gruppeninspektor nach.

Im zweiten Stock erwartete sie bereits eine kleine, zierliche weißhaarige Frau, die zwischen siebzig und achtzig Jahre alt sein musste.

»Sind Sie von der Polizei?«, fragte sie Staudinger, als er den zweiten Stock erreicht hatte. Dieser zog seinen Dienstausweis, zeigte ihn der alten Dame und sagte: »Ja, das bin ich. Staudinger, Gruppeninspektor Staudinger. Mein Kollege, Chefinspektor Meierhofer, wird jeden Moment hier sein. Wir sind auf der Suche nach Herrn und Frau Trompl. Kennen Sie die beiden?«

Die alte Frau nickte eifrig. Etwas, das Staudinger erstaunte. Er war davon ausgegangen, dass in diesen Wohnblöcken keiner den anderen kannte. Aber wahrscheinlich war das nur ein Klischee.

»Sicher kenne ich den Harald und die Sigrid. Sie wohnen in der Wohnung über mir. Ganz nette Leute. Immer freundlich, höflich und hilfsbereit. Heutzutage kann man froh sein, wenn man solche Nachbarn hat. Gerade als alter Mensch, wie ich es bin. Leider sind die zwei aber nicht allzu oft hier. Sie wohnen ja eigentlich in Melk. Die Wohnung hier haben sie von Sigrids Mutter geerbt. Sie nutzen sie eher sporadisch. Nur in den letzten Wochen waren sie ziemlich häufig da. Wegen Sigrids Bruder.«

Mittlerweile war Meierhofer auch im zweiten Stock des Wohnhauses gelandet. Er zückte seinen Ausweis.

»Meierhofer. Chefinspektor Meierhofer, guten Tag. Danke, dass Sie uns reingelassen haben. Was haben Sie gerade über Frau Trompls Bruder gesagt?«, schnaufte er erschöpft.

Die alte Dame lächelte den Chefinspektor ein wenig schwärmerisch an. Der stattliche Mann schien ihr zu gefallen.

»Sigrids Bruder ist seit ein paar Wochen hier in Krems. Er besucht die beiden und hat sich hier in der Wohnung einquartiert. Ein sehr unauffälliger Mann – ich habe ihn nur einmal gesehen, nein, eigentlich zweimal. Als er hier eingezogen ist und heute.«

»Ist das hier Frau Trompls Bruder?« Meierhofer hielt der weißhaarigen Dame ein Foto von Rupert Umhäus, das er vorsichtshalber eingesteckt hatte, unter die Nase. Diese warf nur einen kurzen Blick darauf und sagte dann beiläufig: »Ja, das ist er. Ein fescher Kerl, finden Sie nicht auch?«

Weder Staudinger noch Meierhofer reagierten auf diese Frage. Stattdessen hakte der Gruppeninspektor nach: »Sie haben vorhin gesagt, dass sie Frau Trompls Bruder heute gesehen hätten. Wann war denn das genau?«

Wieder kam die Antwort wie aus der Pistole geschossen: »Das ist noch nicht lange her. Vielleicht eine halbe Stunde? Harald hat mir erzählt, dass sie einen Ausflug mit seinem Schwager machen wollten – er und die Sigrid, um ihm die Gegend ein bisschen zu zeigen.«

Die beiden Kriminalbeamten blickten einander an. Beiden ging das Gleiche durch den Kopf. Ein Ausflug war kein gutes Zeichen. Der Chefinspektor räusperte sich. »Wissen Sie vielleicht auch, wohin es gehen sollte? Gibt ja viele schöne Ausflugsziele in unserer Gegend.«

»Aggstein« war alles, was die alte Dame antwortete. »Mir haben sie es zwar nicht erzählt, aber ich hab' gelauscht. Ich hab' gehört, wie der Harald zur Sigrid gesagt hat, dass sie sich beeilen soll, weil sie sonst nie nach Aggstein kommen. Wahrscheinlich wollen's rauf auf die Ruine.«

Staudinger blickte zu Meierhofer – der nickte kaum sichtbar. Beiden schwante Böses. Dass die Trompls mit Rupert Umhäus nach Aggstein wollten, war nicht gut. Gar nicht gut.

32

Staudinger lenkte seinen Sportwagen wieder einmal viel zu schnell durch die Wachau. Dieses Mal hatte er allerdings das Blaulicht, das er immer im Auto liegen hatte, auf dessen Dach montiert. Das Rasen war also für den Moment legitimiert. Eine Tatsache, die der Gruppeninspektor trotz der enormen Anspannung genoss.

Während sein junger Kollege fuhr, versuchte Meierhofer alles, was an einem Sonntagnachmittag an Verstärkung aufzutreiben war, zu kontaktieren. An einem Sonntagnachmittag, der sich momentan nicht von seiner besten Seite zeigte. Die Sonne war hinter dichten Wolken verschwunden und auch wenn es noch nicht regnete, war es draußen ziemlich unwirtlich. Kühle Herbsttemperaturen deuteten bereits an, dass der Winter nicht mehr allzu weit entfernt war. Der Chefinspektor, der gerade das letzte Telefongespräch beendet hatte, musste ans vorige Frühjahr denken. Damals waren sie auch in rasender Geschwindigkeit zu einem Tatort unterwegs gewesen. Allerdings im Wienerwald – es hatte wie aus Kübeln gegossen. Hoffentlich blieb ihnen das diesmal erspart. Und hoffentlich würde ihr heutiges Abenteuer auch etwas glimpflicher ausgehen als das im Vorjahr.

Sich nonstop durch den Vollbart streichend, rekapitulierte Meierhofer, was in den letzten Stunden geschehen war. Welchen Sinn das alles ergeben konnte. Für ihn gab es eigentlich nur eine Erklärung: Luzia Eddelinger war anscheinend von den Trompls ermordet worden, vermutlich, weil diese sie illegalerweise zur Leihmutter auserkoren hatten. Das Mordopfer war auch erfolgreich schwanger geworden, doch dann hatte sie Rupert Umhäus kennen gelernt. Dieser wiederum war unwissentlich der Grund gewesen, warum sie abgetrieben hatte. Eine Tatsache, die die Trompls schwer erschüttert haben musste. Ob Luzia Eddelinger ihnen die Abtreibung gestanden hatte? Oder hatte sie ihnen vorgegaukelt, das Kind verloren zu haben, Herr und Frau Trompl waren ihr aber irgendwie hinter diese Lüge gekommen? Das wäre eine Erklärung, warum sie einen derart starken Hass gegen Luzia Eddelinger entwickelt hatten, dass der Mord an ihr in ihren Augen zu der einzig möglichen gerechten Lösung des Problems geworden war. Warum die beiden nun Rupert Umhäus in ihrer Gewalt hatten, konnte sich der Chefinspektor nur so erklären: Sie machten ihn für die Abtreibung mitverantwortlich. Und wollten ihn nun eventuell auf dieselbe Art und Weise büßen lassen wie Luzia Eddelinger am 20. September. Aber warum erst jetzt? Warum hatten sie ihn nicht gleich erledigt? Welche Rolle spielte Engelbert Eddelinger in alldem? War er unbeabsichtigt zum Komplizen geworden, weil er seine Exfrau in die Arme ihrer Mörder getrieben hatte? Hatte er Luzia dazu überredet, ihr gemeinsames Kind, das, mit dem sie zum Zeitpunkt ihres Todes schwanger gewesen war, an die Trompls zu verkaufen? Ihnen dieses als Ersatz für das eigentlich geplante Kind anzubieten?

Dem Siebenundfünfzigjährigen stellten diese Gedanken die Nackenhaare auf. Das klang alles so abstrus, so unwahrscheinlich. Allerdings konnte er sich schon vorstellen, dass ein unbändiger Kinderwunsch Paare, die keine Kinder bekommen konnten, derart quälte, dass sie möglicherweise sogar bereit waren, zu illegalen Mitteln zu greifen, um ihre Sehnsucht nach Nachwuchs doch noch zu stillen. Wenn sich Luzia Eddelinger tatsächlich mit dieser Abtreibung über den Willen der Trompls hinweggesetzt und deren Kind geopfert hatte, wenn auch zu einem sehr frühen Stadium der Schwangerschaft, war es schon möglich, dass die zwei die Nerven verloren hatten. Ein Kind zu verlieren, auf welche Art und Weise auch immer, war wohl das Schlimmste, was es gab. Dem Chefinspektor wurde bewusst, dass er sich eigentlich nur einer Reihe von

Spekulationen hingab. Nichts bestätigte ihre Vermutung – außer vielleicht das Buch zum Thema Leihmutterschaft.

»Hans?! Wo bist du denn schon wieder mit deinen Gedanken?«

Staudingers Stimme riss Meierhofer aus selbigen.

»Ich hab' mir gerade alles noch mal durch den Kopf gehen lassen. Die Sache mit Luzia Eddelinger und den Trompls. Diese mehr als vage Theorie, die wir haben. Wer weiß, ob Rupert Umhäus überhaupt in Gefahr ist? Vielleicht wurde er gar nicht gekidnappt? Hoffentlich habe ich die Kollegen nicht umsonst nach Aggstein beordert. Das wäre mehr als peinlich.«

»Besser peinlich sein, als zu spät zu handeln und ein unnötiges Risiko einzugehen. Haben wir doch alles schon einmal erlebt«, erwiderte Staudinger nüchtern.

Immer noch kurvten sie durch die Wachau, den mächtigen Donaustrom zu ihrer Rechten, heute braun und reißend, auf alle Fälle alles andere als blau. Die grauen Wolken formierten sich bedrohlich über dem Dunkelsteinerwald. Es war ein mystischer, düsterer Anblick. Das ideale Wetter für die Entführer, wenn es denn überhaupt Entführer gab. Immerhin würden bei dieser Witterung kaum Touristen oder Einheimische zur Ruine unterwegs sein. Dazu war es momentan eindeutig zu unwirtlich. Bei diesem Wetter kehrte man eher bei einem Heurigen ein oder besuchte ein Museum, eine Ausstellung, eine Kirche – was auch immer.

Staudingers Sportwagen wand sich die Waldstraße zur Ruine herauf. Hier war es so dunkel, dass der Gruppeninspektor die Scheinwerfer einschaltete.

»Fahr aber nicht bis ganz zur Ruine, Stefano! Wenn die Trompls wirklich hinter Luzia Eddelingers Tod stecken und Rupert Umhäus nun auf dieselbe Art und Weise hinrichten wollen, wenn man das so sagen kann, dann machen sie das sicher auch genau an der Stelle, an der sie Luzia losgeworden sind. Also ein Stück von der Ruine entfernt. Wir müssen zu Fuß zum möglichen Tatort pilgern. Wenigstens habe ich heute feste Schuhe an – weil ich am Vormittag mit Einstein Gassi war.« Der Chefinspektor blickte auf seine Walkingschuhe hinab. Dass das dumme Nordic Walking einmal zu irgendetwas gut sein sollte, hätte er auch nicht gedacht. Ein Blick auf das Schuhwerk des Gruppeninspektors verriet Meierhofer hingegen, dass dieser aus dem Erlebnis im Vorjahr nur wenig gelernt hatte. Er würde auch heuer ein Paar seiner teuren Designerschuhe seinem Beruf opfern müssen.

Etwas Weißes lenkte den Chefinspektor von seinen Schuh-Gedanken ab. »Da! Da ist der weiße Mercedes!«

Tatsächlich. Am linken Straßenrand parkte ein weißer Mercedes mit Melker Kennzeichen. Eigentlich unglaublich, dass man es ihnen so einfach machte.

*

Die beiden Inspektoren waren mittlerweile zu Fuß unterwegs. Querfeldein oder, besser gesagt, querwaldein. Nur so würden sie zum Tatort kommen. Zu dem Ort, an dem Luzia Eddelinger gestorben war. Meierhofer musste sich eingestehen, dass seine Kondition immer noch sehr zu wünschen übrig ließ. Er schnaufte gehörig, als er Staudinger, der sich geschmeidig wie ein Reh durch den Wald bewegte, hinterhertrabte. Wenn der Gruppeninspektor ein Rehbock war, dann war der Chefinspektor ein Keiler. Auch wenn er lieber ein stattlicher Hirsch gewesen wäre. Trotz des kalten Windes spürte Meierhofer, wie sich sein Hemd langsam mit Schweiß vollsog. Nur gut, dass er diesmal eine Regenjacke anhatte. Eine dunkle Jacke, die ihm die nötige Tarnung bot. Immer wieder griff er nach seiner Dienstwaffe. Seit er sie im letzten Jahr benutzt hatte, maß er ihr eine andere Bedeutung zu. Er mochte sie zwar immer noch nicht besonders, wusste aber, dass sie in Momenten wie diesen möglicherweise überlebensnotwendig war. Dass Stefano seine Dienstwaffe ebenfalls ordnungsgemäß bei sich führte, wusste Meierhofer, auch ohne den Gruppeninspektor danach zu fragen.

Die beiden Kriminalbeamten näherten sich der Anhöhe, dem

Plateau, das Luzia Eddelinger zum Verhängnis geworden war. Allzu weit konnte der Tatort nicht mehr entfernt sein.

Tatsächlich! Da waren Stimmen! Sehr leise zwar, aber Stimmen. Staudinger verlangsamte seinen Schritt, weshalb Meierhofer zu ihm aufschließen konnte. Beide Inspektoren zogen nun ihre Dienstwaffen. So leise wie nur irgendwie möglich schlichen der Rehbock und der Keiler auf den Ort zu, von dem die Stimmen zu ihnen drangen. Stets darauf bedacht, jederzeit hinter dem einen oder anderen Baum in Deckung gehen zu können. Innerlich betete der Chefinspektor, dass die Verstärkung bald da sein würde. Und, dass diese sie überhaupt finden würde. Aus irgendeinem Grund hatte er nämlich überhaupt kein gutes Gefühl bei der Sache. Irgendetwas war nicht so, wie es sein sollte. Hatten sie etwas vergessen? Einen Punkt übersehen? Warum nur quälten ihn diese Zweifel?

Plötzlich duckte Staudinger sich. Er legte den linken Zeigefinger an seine Lippen und deutete dann auf eine Lichtung vor ihnen. Eine Lichtung, die in den nahe angrenzenden Abgrund mündete. Meierhofers Herz setzte einen Schlag aus. Sie waren da, am Ziel, aber was er sah, gefiel ihm gar nicht. Überhaupt nicht. Anscheinend kamen sie wieder einmal zu spät.

*

Der eher schmächtige dunkelhaarige Mann um die vierzig und die zierliche aschblonde Frau im selben Alter, die ein hübsches Perlenarmband – wahrscheinlich das Armband – über ihrem rechten Gummihandschuh trug, wirkten erstaunlich ruhig. Erstaunlich ruhig dafür, dass er einen blutverschmierten Stein in den Händen hielt und sie ein ebenso blutverschmiertes Stück Stoff. Wahrscheinlich eine Weste oder auch nur einen Teil davon. Diese blutigen Gegenstände in den Händen gingen beide einen Schritt auf den Abgrund zu, um sich dann hinunterzubeugen. Irgendetwas da unten zog ihre Aufmerksamkeit auf sich. Und Meierhofer konnte sich nur allzu gut vorstellen, was oder, besser gesagt, wer dieses Irgendetwas war.

Staudinger blickte seinen Chef erwartungsvoll an. Er war im Adrenalinrausch und wollte unbedingt zugreifen. Jetzt! Sofort! Meierhofer hingegen fühlte für einen Moment wieder diese Panik in sich hochsteigen, die ihn paralysierte. Doch er wusste, dass er handeln musste. Rasch handeln. Selbst wenn für Rupert Umhäus zu diesem Zeitpunkt bereits jede Hilfe zu spät kam.

Meierhofer nickte Staudinger gerade zu, um ihm das Zeichen zum Zugriff zu geben, als plötzlich eine Hand am Abgrund erschien. Eine Hand, die von unten raufgestreckt wurde. In diesem Moment wurde Meierhofer alles klar. Alles! Wie hatte er nur so dumm sein können?Gespannt beobachtete der Chefinspektor, was nun weiter passieren würde. Und tatsächlich! Wenig später stand ein junger Mann in seiner gesamten Pracht zwischen dem schmächtigen Mann und der zierlichen Frau, die Meierhofer für Herrn und Frau Trompl hielt. Er sah dabei ziemlich lebendig aus. Von einer dick eingebundenen Wunde am Unterarm abgesehen.

Meierhofer nickte Staudinger zu. Beide zogen ihre Waffen.

33

»Also, noch mal, Herr Umhäus. Warum haben Sie diese Nachricht am Tatort platziert? An jenem Ort, an dem Ihre Verlobte ermordet wurde?« Meierhofer hielt Rupert Umhäus ein laminiertes Blatt Papier unter die Nase, auf dem in roten Lettern stand:
»Möge der mächtige Strom die Seele des Sünders reinwaschen.«

Rupert Umhäus zuckte mit den Schultern. »Ich weiß nicht, wovon Sie reden, Herr Inspektor«, antwortete er monoton.

»Aber ich weiß es«, zischte Meierhofer, dem Rupert Umhäus' Verhalten gewaltig auf die Nerven ging. »Sie haben diesen Zettel am Tatort platziert, weil Sie Ihren Tod fingieren wollten. Es sollte aussehen, als hätte der Mörder Ihrer Verlobten auch Sie auf dem Gewissen. Klingt ja auch gar nicht so unwahrscheinlich. Der wahnsinnige Mörder entführt den Verlobten der Toten, bringt ihn an jenen Ort, an dem er zuvor auch schon sie getötet hat, und schlägt ihm mit einem Stein den Schädel ein. Dann beschließt er, die Leiche des Mannes in der Donau zu versenken und eine ominöse Nachricht am Tatort zu hinterlassen, die auf den Fluss als Fundort hinweist. Lassen Sie mich raten, Herr Umhäus: Nahe der Donau hätten wir dann Ihre blutverschmierte Weste gefunden, nicht wahr? Wir hätten eins und eins zusammengezählt und wären davon ausgegangen, dass Sie tot sind. Damit wären Sie aus dem Schneider gewesen. Sie hätten sich ins Ausland abgesetzt und keiner wäre auf die Idee gekommen, dass Sie der eigentliche Mörder Ihrer Verlobten sein könnten. Aber das sind Sie. Sie haben Luzia Eddelinger getötet. Das haben uns die Trompls erzählt. Sie haben uns alles erzählt.«

Rupert Umhäus' Augen weiteten sich. »Diese Idioten!«

*

»Frau Trompl, jetzt geben Sie es doch endlich zu! Rupert Umhäus hat uns ohnehin schon alles erzählt. Außerdem können wir Ihrem Mann mittlerweile nachweisen, dass er den Teufelssturz-Schriftzug geschrieben hat. Der Schriftvergleich ist in seinem Fall positiv ausgefallen. Sie beide haben mit Rupert Umhäus gemeinsame Sache gemacht. Kein Wunder, immerhin hatte Luzia Eddelinger Sie betrogen. Sie hat Ihr Kind getötet. Das Kind, das Sie ihr anvertraut hatten.« Staudinger redete mit Engelszungen auf die Verdächtige ein. Wenn er ein Geständnis aus einem der beiden Trompls herausbekommen konnte, dann wohl am ehesten aus ihr.

»Sie mussten sie bestrafen für das, was sie getan hatte, nicht wahr?«

Sigrid Trompl schluckte, dann begann sie stockend zu reden: »Ja, das mussten wir. Sie hat unser Kind umgebracht, diese Hexe. Wenigstens schmort sie jetzt schon in der Hölle.«

Staudinger meinte verständnisvoll: »Sie hat Ihr Kind abgetrieben, als sie Rupert Umhäus kennen gelernt hat. Aber Ihnen hat sie erzählt, dass sie es verloren hat.« Sigrid Trompl nickte. »Sie behauptete, sie habe eine Fehlgeburt gehabt. Sie hat uns belogen und betrogen.«

»Und einige Zeit später hat sie dann die Frechheit besessen, Ihnen ein anderes Baby anzubieten«, ergänzte der Gruppeninspektor.

»Ja, können Sie sich das vorstellen? Sie wollte uns das Balg verkaufen, das ihr Exmann ihr angehängt hatte. Dieser Engelbert Eddelinger hat uns deshalb kontaktiert. Natürlich hätte uns das eine schöne Stange Geld gekostet. Tss, als ob wir Interesse an einem fremden Kind gehabt hätten.«

Staudinger tat entsetzt: »Unglaublich, wie schamlos diese Frau war.«

Sigrid Trompl fühlte sich bestärkt. »Schamlos war sie wirklich.

Als sie Zehntausende Euro für dieses Baby verlangt hat, da wussten wir, dass wir etwas unternehmen mussten. Wir mussten sie bestrafen, aber wir brauchten dazu Hilfe. Alleine hätten wir es nicht geschafft. Wir sind ja keine Mörder.«

»Natürlich nicht«, pflichtete Staudinger der Verdächtigen bei. Er hatte sie dort, wo er sie haben wollte.

*

»Hätten Sie sich das gefallen lassen, Herr Inspektor? Sie hat mir freudig ein Paar Babyschuhe präsentiert und gemeint, dass ich Papa werde. Hörner hat sie mir aufgesetzt, die Luzi! Ich wusste gleich, dass ihr Ex dahinterstecken musste. Dass er sie geschwängert hatte und sie mir nun ein Kuckucksei unterjubeln wollte. Damit ist sie zu weit gegangen. Viel zu weit! Sie musste doch dafür bestraft werden, was sie mir angetan hatte«, erklärte Rupert Umhäus selbstzufrieden.

Meierhofer hatte größte Mühe, seine Abneigung zu verbergen. »Und dann haben sich die Trompls bei Ihnen gemeldet und Sie um Ihre Hilfe gebeten.«

Umhäus grinste süffisant. »Ohne mich hätten die beiden das nie hingekriegt. Die Drecksarbeit habe ich gemacht, sie waren eher für das ganze kitschige Rundherum zuständig. Die Rune, den Teufelssturz-Schriftzug. Typisch Pseudo-Intellektuelle eben. Es sollte aussehen wie die Tat eines Psychos, eines Serienkillers oder so. Hätte ja auch fast funktioniert. Na ja, und dann sind Sie bei mir zuhause aufgetaucht.«

*

»Wir haben so getan, als würden wir auf ihren Baby-Deal eingehen. Sind mit ihr zur Ruine gefahren, um unser neues Abkommen zu feiern. Sie hat es uns abgekauft. Hat sogar das sündteure Umstandskleid, das ich ihr damals, als wir sie zur Leihmutter auserkoren hatten, geschenkt habe, getragen. Wir haben uns die Ruine angesehen, der Luzi dieses Armband gekauft und sie dann zum Tatort gelockt. Dort hat schon der Rupert auf uns gewartet. Wir haben die Luzi abgelenkt, und er hat sie in den Tod gestoßen. Dann hat er sich zu ihr abgeseilt und alles so drapiert, wie wir es ihm aufgetragen haben. Es sollte aussehen wie die Tat eines verrückten Serienmörders. Als Sie dann auf Rupert gekommen sind, haben wir ihn in unserer Kremser Wohnung versteckt. Sie und Ihre Kollegen sollten denken, er hätte sich ins Ausland abgesetzt. Zum Glück hat der Taxifahrer mitgespielt. Der ist alleine nach Wien gefahren. Dank eines großzügigen Schmiergeldes.«

Staudinger konnte nicht glauben, was er da hörte. Die ganze Zeit war Rupert Umhäus nur einige hundert Meter Luftlinie von ihnen entfernt gewesen. Hauptsache, Europol und Interpol hatten ihn gesucht!

»Sie wollten gestern am Tatort Rupert Umhäus' Tod fingieren, stimmt's ?«, fragte der Gruppeninspektor vorsichtig nach.

Sigrid Trompl nickte.

»Ja, das wollten wir. Rupert hätte sich danach mithilfe eines gefälschten Passes ins Ausland abgesetzt und dort ein neues Leben begonnen. Seine Mutter hätte die Lebensversicherung kassiert. Das Geld hätte er sich dann irgendwann von ihr geholt. Er meinte, sie würde ihn nicht verpfeifen, wenn sie in ein paar Jahren erfahren würde, dass ihr Sohn doch noch lebte. Wir hätten dann die Hälfte des Geldes bekommen und uns damit eine vernünftige Leihmutter geleistet. Auf uns als Mittäter wäre sicher niemand gekommen. Den Vertrag, den wir mit Luzia im Zuge der Leihmutterschaft abgeschlossen hatten, haben wir ja verschwinden lassen, und die Drohbriefe, die wir ihr geschickt haben, sind frei von Fingerabdrücken oder anderen Spuren. Darauf haben wir geachtet. Selbst wenn Sie die restlichen Briefe gefunden hätten, hätte Sie das wohl nicht zu uns geführt. Rupert Umhäus war der einzige Verdächtige. Wir haben halt gehofft, dass mit dem Tod des Tatverdächtigen die Ermittlungen im Fall Luzia Eddelinger eingestellt werden würden. Sie sollte ein Cold Case werden, die Luzia. Hat wohl nicht geklappt.«

Staudinger blickte die Frau beinahe mitleidig an. »Nein, das hat es nicht.«

34

Meierhofer schwelgte im Glück. Deftiger Schinken, würziger Käse, beides von saftigem Kalbsfleisch umhüllt und in einer knusprigen Panier herausgebacken. In Butterschmalz wohlgemerkt, nicht in irgendeinem gesunden Pflanzenöl. Das war das beste Cordon bleu aller Zeiten. Dazu Erdäpfelsalat, in dem kleine Speckwürferl und Essiggurkerlscheiben versteckt waren. Es war einfach nur himmlisch. Und als Nachspeise würde er Marillenknödel bekommen – mit Marillen, die Irene in diesem Sommer in ihrem Garten geerntet und tiefgefroren hatte. Natürlich würde er zu den Knödeln einen perfekten Latte macchiato genießen, einen perfekten Latte macchiato mit einer Spur Zimt obendrauf. Was wollte man mehr? Heute war sein Zuhause das Paradies auf Erden. Und er durfte in diesem Paradies sündigen, so viel er wollte. Heute durfte er das. Heute waren nämlich alle da, die ihm am Herzen lagen: Irene, Marianne, Karl, Lukas, Stefano, Dominik und natürlich Einstein, der nur darauf wartete, dass sein Herrchen unbemerkt ein Stück des gefüllten Schnitzels auf den Boden fallen ließ. Ein Spiel, das sie perfekt beherrschten.

Heute feierten sie den Abschluss des Eddelinger-Falles. Alle Beteiligten waren froh, dass nun wieder fade Wochen anbrachen. Gerade hatten die beiden Inspektoren ihren Lieben von den Hintergründen des Falles erzählt. Eines Falles, der sie noch nicht ganz losgelassen hatte. Nachdem sie letzten Montag ihre Geständnisse bekommen hatten, war es noch aufregend geworden. Ein entsetzter Engelbert Eddelinger hatte im Gespräch mit Roberta Zwiggli seiner Vermutung Luft gemacht, dass die Trompls hinter dem Mord an seiner Exfrau – die er ja eigentlich noch geliebt hatte – steckten. Leider war er damit ein wenig zu spät gekommen. Die beiden Kriminalbeamten waren genau wie ihre Berner Kollegin ziemlich sicher, dass Eddelinger nicht ganz unschuldig am Tod seiner Ex war. Er war kein besonders guter Schauspieler. Dass er in irgendeiner Form Dreck am Stecken hatte, hatte man ihm angesehen. Aber vielleicht hatte er auch nur Angst gehabt, dass die Trompls schmutzige Details ausplaudern würden, die sie über ihn wussten. Etwas, das mittlerweile auch schon passiert war. Doch Engelbert Eddelinger war nicht ihr Problem. Um ihn kümmerte sich Roberta Zwiggli, und das war auch gut so.

»He, Opa! Ob die Gilgens sich wirklich umbringen wollten, hab' ich dich gefragt«, riss Lukas' Stimme Meierhofer aus seinen Gedanken.

Er nickte. »Ja, sie haben tatsächlich versucht, sich umzubringen, weil sie das schlechte Gewissen übermannt hat. Immerhin haben sie ihre Tochter im Stich gelassen. Weil sie in der Zeitung von dem Teufelssturz-Schriftzug gelesen haben, der am Rücken ihrer toten Tochter geklebt hat – ein Detail, das trotz strengster Nachrichtensperre wieder einmal irgendwie an die Presse gelangt ist –, haben sie beschlossen, im Tod ein Band zu ihr zu knüpfen, indem sie ebenfalls einen Schriftzug gefertigt haben, der der Welt von ihrer Sünde erzählen sollte. So hat es dieser Herr Gilgen zumindest ausgedrückt. Ich glaube ja, dass die beiden nicht ganz dicht sind, aber das geht mich wohl nichts an.«

»So, und jetzt wird nicht länger über die Arbeit gesprochen! Drehst du mit mir und Einstein eine Runde, alter Mann?«, lenkte Staudinger vom Thema ab. Meierhofer überlegte einen Moment. Sein Cordon bleu hatte er mittlerweile vertilgt. Ein kleiner Spaziergang mit Einstein war nun wohl gerade das Richtige.

»Aber sicher. Komm, Einstein, der Onkel Stefano und ich gehen mit dir Gassi!«

Das ließ der Malteserwelpe sich nicht zweimal sagen. Freudig hüpfte er um die beiden Inspektoren herum, so freudig, dass er dabei einen kleinen See auf dem Wohnzimmerboden zurückließ.

»Einstein, du tropfst!«, lachte Meierhofer. Ein Gelächter, in das seine gesamte Familie einfiel. Dominik und Stefano inbegriffen, die beiden gehörten mittlerweile zur Familie. Dann nahm der Chefinspektor den Welpen auf den Arm, während sein junger Kollege die Leine schnappte.

Im Flur hielt Meierhofer seinen Freund und Kollegen, der es anscheinend eilig hatte, ins Freie zu kommen, zurück.

»Warte mal, Stefano! Ich habe da noch etwas für dich. Müssen ja nicht alle sehen.«

Er ging in die Küche, um dann mit einem mintgrünen Gegenstand in den Händen zurückzukommen. Einem Gegenstand, um den er eine rote Masche gebunden hatte. »Da, für dich, Gregor und Dieter haben auch schon eine. Jetzt müssen wir uns nicht mehr um meine streiten.«

Der Gruppeninspektor nahm das kleine Geschenk vorsichtig entgegen. So blöd das auch war, er kämpfte dabei beinahe mit den Tränen.

»Eine Stefano-Tasse. Dass du die tatsächlich gefunden hast! Oder hast du das O selbst mit Edding draufgemalt?«

Meierhofer schüttelte vehement den Kopf.

»Wo denkst du hin, Stefano?! Die ist aus einem italienischen Webshop. Hat ein Weilchen gedauert, bis ich sie entdeckt hatte.«

Nun war Staudinger gerührt. Einem inneren Impuls folgend, ging er auf Meierhofer zu und umarmte ihn freundschaftlich.

»Danke, alter Mann. Du bist der Beste.«

»Ich weiß«, erwiderte der Chefinspektor schmunzelnd, während er Stefano kameradschaftlich mit der Hand auf den Rücken klopfte. Der aufgeregt kläffende Einstein umrundete die beiden schwanzwedelnd.

Als das lustige Grüppchen kurz darauf in die noch ein bisschen wärmende Herbstsonne trat – wohl einer der letzten milden Tage, die es in diesem Jahr geben würde –, war Luzia Eddelinger endgültig aus dem Kopf des Kriminalbeamten verschwunden. Nun war er nur noch der gute alte Meierhofer. Ein Meierhofer, der nach Diätwahn und Beinahe-Scheidung seiner Kinder endlich wieder richtig glücklich war. Ein Glück, das er genießen würde. Man wusste schließlich nie, wann es zu Ende war.

Lisa Gallauner

Teufelsmahl

Inspektor Meierhofers 2. Fall

Ein erfolgreicher Unternehmer wird an einen Stuhl gefesselt in einer Waldhütte aufgefunden - vergiftet. Schnell sind dessen ehemalige Frau und deren gemeinsamer Sohn als mögliche Täter ausgeforscht. Doch wenig später passiert erneut ein Verbrechen. Wieder wird ein Mann vergiftet, wieder in einer Waldhütte und wieder wurde das Opfer an einen Stuhl gefesselt. Die Parallelen zwischen den Morden sind offensichtlich - doch augenscheinlich gibt es keine Verbindung zwischen den Opfern..

Teufelsmahl
Krimi von Lisa Gallauner
194 Seiten, Verlag federfrei
ISBN 978-3-902784-04-9

Lisa Gallauner

Teufelsstimmen

Inspektor Meierhofers 1. Fall

Ein Amoklauf erschüttert die Postkartenidylle der Wachau: Auf einem Campingplatz wurden willkürlich fünf Menschen erschossen. Der Verdächtige gibt an, Stimmen hätten ihn dazu getrieben, die Camper kaltblütig auszulöschen. Als es nicht bei diesem einen Verbrechen bleibt, stehen der erfahrene Chefinspektor Hans Meierhofer und sein junger Kollege, Gruppeninspektor Stefano Staudinger, vor einem Rätsel. Was steckt hinter diesen ominösen Stimmen und wen quälen sie möglicherweise noch? Ein Kampf gegen die Zeit beginnt …

Teufelsstimmen
Krimi von Lisa Gallauner
196 Seiten, Verlag federfrei
ISBN 978-3-9502751-8-6